CW00506528

1

GIULIANO LONGO

CAMBIA IL TUO LOOK CON UN SORRISO

L'umorismo è una cosa seria

A tutti quelli che combattono ogni giorno
con impreviste
smagliature di malinconia.

Premessa

Sorridere e ridere è una prerogativa tutta umana. Fin dai tempi antichi, filosofi e scienziati hanno indagato i meccanismi fisici e psicologici del riso, cercando insomma una risposta alla domanda: perché l'uomo ride?

Un signore altero e superbo, tutto pieno di sé, convinto della sua importanza, che riceve una torta in faccia è abbastanza comico, così come può farci ridere di gusto un nostro amico che, mentre si pavoneggia davanti a un gruppo di belle ragazze, urta qualcosa, inciampa e cade goffamente a terra.

Tutte e due le situazioni descritte, privando personaggi presuntuosi della loro aureola di serietà e importanza, li fanno cadere bruscamente di livello, e noi, smettendo di sentirli superiori, possiamo permetterci di ridere senza pietà. Il riso, in questo caso, nasce da una situazione di contrasto.

Famoso e diffuso è l'umorismo involontario affibbiato alle nostre attente forze dell'ordine: *«Il cadavere presentava evidenti segni di decesso – Carabinieri».* «*...Entravamo nella stalla e rinvenivamo sette mucche, di cui una toro. – Verbale dei Carabinieri».*

Ma oltre alla comicità, diciamo così, delle torte in faccia, delle scenette demenziali e battute varie, esiste anche un umorismo più sottile che, mentre fa ridere, mette a nudo falsi miti, manie, assurdità, vizi della società in cui viviamo, costringendoci a ripensare in modo più critico sia i nostri comportamenti, sia le idee che abbiamo su noi stessi e sulla realtà.

Forse è per questo che un poeta come Leopardi scriveva: *«Grande tra gli uomini e di gran terrore è la potenza del riso. Chi ha il coraggio di ridere è padrone del mondo».*

Con queste parole forse intendeva dire che nulla più del ridicolo temono soprattutto i cosiddetti potenti, perché il fatto stesso che la gente rida di loro, dei loro vizi, della loro arroganza, della loro vanità, li smitizza e li fa apparire quali sono, cioè uomini come tutti gli altri.

Potremmo definire il senso dell'umorismo un sinonimo di leggerezza, che non ha nulla a che spartire con la superficialità. Un modo di vivere come le aquile: planando dall'alto sulle cose e afferrandole dal verso giusto. Per avere senso dell'umorismo non bisogna essere troppo austeri, non prendersi perciò troppo sul serio, non essere prigionieri delle proprie certezze (è stato dimostrato, per esempio, che le persone meno spiritose sono fondamentaliste in campo religioso, politico o militare).

Sommando questi connotati, è facile concludere che il senso dell'umorismo è uno straordinario antidoto contro il narcisismo e aiuta a sgonfiare il proprio Io.

Solo chi sa ridere, chi non prende mai troppo sul serio prima di tutto se stesso e quindi le situazioni che vive, è padrone del mondo, perché non ha paura di andare controcorrente, di essere diverso dagli altri nelle idee, nei comportamenti, nelle scelte importanti.

Tutto questo dunque si nasconde dietro la "semplice" arte del ridere e del sorridere. Solitamente si distingue la comicità dall'umorismo: la prima muove alla risata aperta;

l'umorismo, invece, suscita, dietro il sorriso, la riflessione sulla natura dell'uomo e delle cose, pertanto nasce da un'intelligenza viva e raffinata.

La vita culturale di ogni tempo si è arricchita delle più diverse espressioni dell'"arte del divertire". Ci sono commedie vecchie di secoli che rivelano una comicità ancora attuale. Molti racconti e molti romanzi sono ricchi di motivi umoristici, così come alcune poesie e persino qualche opera figurativa e musicale.

La vita contiene tante tristezze, tante tragedie, e la morte ne è una componente integrante. Che fare? Come avere senso dell'umorismo anche in situazioni del genere? Prendiamo il caso della pandemia comparsa nell'anno di grazia (?) 2020. Un momento molto lungo, drammatico per tutti: l'umorismo ci può allora aiutare ad abbassare la concentrazione sul dolore, sulla paura, e di spostarla verso una parte creativa che magari era paralizzata dagli stress quotidiani, quelli che il senso dell'*humour* tende a far evaporare. Del resto, visto come il sistema ha trattato i cittadini in quel periodo, trovarvi situazioni a dir poco farsesche – pur nella tragedia – non era poi così difficile. Quest'uso così fecondo del senso dell'umorismo non è una novità. Lo scrittore fiorentino Giovanni Boccaccio portò a termine il *Decamerone*, con cento racconti comici narrati da dieci amici, mentre in Europa imperversava la peste che uccise quasi un terzo della popolazione. Naturalmente ne accenno giusto per dissertare, raffrontare e comparare: lungi da me fare un minimo paragone artistico... stiamo parlando di un alto livello letterario, rispetto al dilettantismo di questi miei poveri e miseri scritti!

Da tanti decenni la comicità sembra aver trovato i canali espressivi più potenti nella televisione e nel cinema; purtroppo però, pur di far presa sul pubblico, oggi si cade spesso nella trivialità e nel cattivo gusto. I comici di un tempo riuscivano ad esser brillanti e a far ridere senza far uso di *gag* e battute scurrili, rozze e sguaiate, di espedienti per così dire poco raffinati. Nei loro *sketch* non c'era alcuna traccia di volgarità; tutto questo grazie anche alla scrittura dei tanti autori, signorili e ricercati, dotati di una *vis comica* davvero elegante e di buon gusto.

Oggi invece viviamo tempi in cui c'è veramente poco da ridere... e questo in tutti i sensi, purtroppo.

Ho cercato di rappresentare un po' di racconti che espongono vicende umoristiche (almeno per me) e descrivono personaggi o situazioni divertenti, sperando di essere riuscito a realizzare una scrittura piacevole che alleggerisca un po' dagli assilli della nostra "seriosa" e troppo spesso problematica vita. Teniamo sempre presente che il vecchio detto "Il riso fa buon sangue" trova una sicura conferma scientifica. Oltre alla sensazione piacevole che dà il riso, gli effetti benefici della risata e del sorriso sono riscontrabili sia a livello fisiologico che a livello psicologico.

Dovremmo dunque coltivare e apprezzare più di frequente – compatibilmente con le vicende che ci accadono lungo il nostro faticoso e spesso tribolato percorso esistenziale – il senso dell'umorismo. Esso è l'esatto contrario della musoneria, malinconia, drammaticità, oltre che della presunzione e dell'arroganza, ed è invece una delle più limpide manifestazioni d'intelligenza.

Naturalmente non so se ci sono riuscito.
Io, soprattutto in questa fase della vita, rido e sorrido assai poco; per me ci vuole ben altro (lo dico seriamente)...
E per voi?

Lecce, 5 Maggio 2023

P.S.: Leggerò anch'io nuovamente, ed ogni tanto, tutti questi racconti, con la speranza di trovarvi una boccata di semplice, sano e lieve sorriso. Se non dovessi trovarla, e non doveste trovarla nemmeno voi, vi chiederò di essere comprensivi e indulgenti nei miei riguardi. In tal caso io cercherei ricovero presso la "Clinica dell'Umorismo", lì è piena di professionisti che mi aiuterebbero, perchè io non sono certo un tipo aperto... ma direi neanche chiuso.
Mi definisco più semplicemente: "socchiuso".

Sorridi sempre, anche se è un sorriso triste,
perchè più triste di un sorriso triste
c'è la tristezza di non saper sorridere.
(Jim Morrison)

Da giovane avevo una vena umoristica,
adesso ho una vena varicosa...
Fosse una soltanto!
(Marcello Marchesi)

L'umorista è una persona di ottimo malumore
(Jules Renard)

La vita è come una battaglia navale:
oggi ci sei... domani bi cinque.
(dal web)

ATARASSIA DI UNA CUOCA

A tarda età, dopo il suo sospirato pensionamento, ho saputo che Cesare, un mio amico di vecchia data, si è dato alla scrittura. L'ha fatto – mi ha riferito in tutta sincerità – per occupare meglio le giornate, con tutto quel tempo libero che improvvisamente, dall'oggi al domani, gli è piovuto addosso.

Era da tanto che non scriveva – forse da prima del matrimonio – quando alla vigilia del grande passo, aveva tentato di mettere per iscritto un suo primo e timido bilancio di vita. Aveva riempito all'epoca, con la sua inseparabile stilografica, alcune paginette di un vecchio e inutilizzato bloc-notes, che poi aveva stipato in un cassetto della scrivania, dimenticandosene del tutto. Non essendo più da tanto tempo ormai avvezzo a scrivere, e perciò alquanto arrugginito, non era affatto sicuro di realizzare qualcosa che andasse bene a un ipotetico lettore che si fosse preso il disturbo di leggere un giorno le sue cose. Non era quindi del tutto certo di essere capace a scrivere, dando al testo quella dovuta scorrevolezza e fluidità, in modo tale che si facesse leggere bene, con gusto e leggerezza.

Era urgente perciò il bisogno di un giudizio abbastanza immediato, per poter procedere con risolutezza e convinzione nel lavoro di scrittura. Una valutazione positiva gli avrebbe dato forza e coraggio, oltre a una buona dose di autostima per quel che stava facendo. Del resto lui voleva trattare soprattutto temi filosofici: argomenti seri, profondi e delicati.

Pensò allora di leggere a qualcuno di sua conoscenza, e di cui si poteva ragionevolmente fidare, ciò che man mano riusciva a realizzare. Aveva naturalmente un po' di timore nel fare ascoltare i suoi scritti a persone culturalmente dotate; immaginava i loro giudizi essere probabilmente troppo tendenziosi, magari eccessivamente critici, poco autentici e spontanei, se non addirittura ipocriti. Gli serviva qualcosa di più genuino e poco mediato da una forbita preparazione letteraria; qualcosa di semplice, schietto e naturale.

La scelta cadde da subito sulla badante della madre, fortunatamente italiana e non straniera. Del resto aveva pure letto che diversi autori del passato, anche famosi, si erano avvalsi di questa pratica elementare, ma da essi ritenuta essenziale, scegliendo un'ascoltatrice piuttosto umile e sempliciotta – almeno in prima battuta – per capire se e come procedere nella loro opera letteraria. Molti di questi si erano rivolti alla cuoca di casa: la madre, la moglie o, meglio ancora, un'estranea: immaginate con quale gioia di queste! Chi invece viveva da *single*, da *bohémien*, e non aveva la fortuna di avere accanto a sè una cuoca o qualsivoglia persona di fiducia, si recava nella trattoria dove abitualmente mangiava, rivolgendosi in cucina a qualcuna delle cuoche ivi presenti, con cui aveva stretto astutamente amicizia.

Aveva saputo addirittura di un tale che metteva annunci sul giornale, cercando cuoche con buone referenze... ma non per ciò che riguardava l'arte della cucina. Requisito fondamentale era che fossero ignoranti.

"Cercasi cuoca digiuna di lettere...", così scriveva sul giornale.

Cesare non condivideva granchè questo modo di affrontare il problema, in quanto supponeva che, dopo un congruo periodo di tempo, a furia di presenziare alle tante numerose letture, la cuoca avrebbe acquisito una sia pur minima dimestichezza letteraria, a scapito però di quella culinaria, lasciando presumibilmente anche a digiuno lo scrittore che – come si può facilmente immaginare – rimanendo con la pancia vuota, avrebbe sicuramente perso una buona dose di ispirazione.

Aveva faticosamente già completato la stesura di cinque capitoli del suo trattato, quando chiamò la cuoca, che era anche badante di sua madre.

–Barbara, vieni qua!

–Che c'è, signor Cesare?

–Vieni che ti devo leggere qualcosa.

–Non si mangia oggi? – s'intrometteva la madre.

–Sembra di no, se prima non le legge tutto quello che ha scritto finora – commentava la moglie, stizzita.

Così Cesare le declamava tranquillamente la prima stesura dei suoi bravi capitoli, e la cuoca non sapeva più che pesci prendere, stretta tra due... anzi, no... tra tre fuochi. Lei pensava più che altro alla pentola che aveva abbandonato poco prima sul fuoco e che rischiava di bruciare, col pericolo di lasciare a digiuno tutta la famigliola.

Se Cesare percepiva che la domestica rimaneva impressionata dalla sua lettura, procedeva contento e tranquillo nel suo lavoro di scrittura. Se Barbara invece rimaneva impassibile, lui interpretava questo atteggiamento come un giudizio negativo sull'opera, e allora strappava e bruciava gran parte del suo lavoro, buttandone i fogli nel camino acceso.

«*...Strettamente legata alla concezione epicurea del piacere* – scandiva lentamente Cesare – *è la distinzione dei diversi tipi di desiderio: dobbiamo poi pensare che alcuni dei nostri desideri sono naturali, altri vani. E di quelli naturali alcuni sono necessari, altri non lo sono. I desideri naturali e necessari sono i più importanti, poichè dalla soddisfazione di quelli riferiti al corpo deriva "l'aponia", e dalla soddisfazione di quelli riferiti all'anima "l'atarassia". Si tratta di desideri che se non sono soddisfatti provocano dolore: quindi, se non soddisfiamo il desiderio di mangiare, soffriremo il dolore dell'essere affamati. Per quanto riguarda l'ambito meramente corporeo, l'unico requisito per la felicità sarà soddisfare le necessità fondamentali...*»... e bla bla bla... via discorrendo di questo passo.

Nei giorni seguenti, dopo la realizzazione e successiva lettura da parte di Cesare di altri tre striminziti capitoli del suo trattato filosofico, ed appena una settimana di lavoro, Barbara si licenziò.
Qualcuno asserisce di averla vista in un convento di *"Monache Romite dell'Ordine di Sant'Ambrogio ad Nemus"*... ma la notizia attende conferma.

PIZZERIA GOOGLE

–Pronto?

–Pizzeria *Google*, signore! Chi parla? Vuole ordinare qualcosa?

–Ma non è la "Pizzeria Nonna Rosa"?

–Lo era signore, ma ora *Google* ha comprato la "Pizzeria Nonna Rosa". Il servizio è stato migliorato, informatizzato e velocizzato, per meglio servire e accontentare i clienti.

–Ok. Posso allora ordinare?

–Ma certo signor Lezzi! Ha bisogno della solita pizza?

–Sì, grazie... ma... come fa a sapere il mio nome?

–Abbiamo un *software* che identifica le chiamate. Col suo numero di cellulare è uscito anche il proprio nome, con indicate tutte le sue chiamate. Le ultime ventiquattro volte ha sempre ordinato una pizza "Quattro stagioni".

–Davvero inimmaginabile. Non credevo si potesse arrivare a tanto! Comunque ha ragione lei: volevo proprio ordinare questo tipo di pizza.

–Posso darle, se permette, un suggerimento?

–Certamente. Avete inserito qualche altra prelibatezza nel menu?

–Non si tratta di questo. Il menu è rimasto invariato, ma io le consiglierei una pizza vegetariana, con zucchine grigliate, friarelli, melanzane e funghi porcini.

–No, assolutamente. Odio questi ingredienti, specie i friarelli!

–Signor Lezzi, la "vegetariana" è l'ideale per la sua salute. Le farà bene, anche perchè il suo colesterolo non va!

–Cos'hai detto scusa?

–Nel nostro *database* ci sono i valori delle sue analisi, fatte ultimamente al laboratorio. I dati incrociati con il suo nome, data di nascita, indirizzo e numero di telefono, rivelano un valore di colesterolo troppo alto.

–A parte il fatto che ho l'*HDL* abbastanza elevato, che compensa un po' il valore fuori norma del colesterolo totale, ma poi a me la pizza vegetariana che mi stai proponendo, non piace assolutamente! Sappi comunque che prendo pure la pillola con le statine per abbassare il colesterolo e posso mangiare tutto ciò che voglio... e comunque non ho assolutamente intenzione di discutere di questo con una pizzeria!

–Mi deve scusare, signor Lezzi, ma glielo devo dire: lei non ha preso le pillole in quest'ultimo periodo.

–E tu che ne sai? Stai lì a spiarmi, per caso?

–Assolutamente no, ci mancherebbe. Abbiamo però accesso ai dati di tutte le farmacie della città e sappiamo che l'ultima volta che ha comprato la medicina anti-colesterolo è stato circa due mesi fa, e la scatola contiene solo trenta pillole.

–Questo è vero, ma come fate a sapere tutto ciò?

–Lo sappiamo tramite la sua carta bancomat. Lei acquista la medicina sempre nella stessa farmacia, dove le fanno lo sconto del *10%*, se però paga col *Pos*. Dai dati presenti nel nostro *database* circa i suoi movimenti, sappiamo che, esattamente da due mesi, lei non ha fatto acquisti in quella farmacia. Quindi non ha potuto affatto prendere tale medicina.

–Ma scusami un po'... vi è mai venuto in mente che avrei potuto pagare in contanti, in farmacia?

–Lei paga 750 € in contanti ogni mese alla sua domestica, e per il resto delle spese utilizza la tessera *bancomat*.

–Incredibile!... Ma come fai a sapere quanto do di retribuzione alla mia domestica?

–Signor Lezzi, mi dispiace! Lei paga i contributi e le tasse... è tutto riportato qui sulla schermata del *pc*. Io ho il preciso dovere di aiutarla e anzi le suggerisco di andare dal suo medico e fargli vedere il risultato delle ultime analisi, in modo che possa fare un aggiustamento alla sua terapia.

–Ascoltami caro pizzaiolo da strapazzo, caro ficcanaso, caro *Google* o come diavolo ti devo chiamare... a questo punto non lo so!...Mi hai davvero stufato!... e mi sono poi anche stufato della tua pizzeria, del *pc*, di *internet*, del vostro *database*, del *XXI* secolo, della mancanza di rispetto e *privacy*...

–Ma signore!...

–Smettila e stai zitto. Non ce la faccio più! Domani me ne andrò lontano da qui. Sceglierò un paese dove non ci sia *internet*, nè *computer*, nè telefono, nè tantomeno la *tv* e le persone asfissianti e pedanti come te, che mi controllano a ogni piè sospinto!

–Va bene, ho capito.

–Userò per l'ultima volta la mia tessera *bancomat* per acquistare un biglietto aereo e andarmene via il più lontano possibile da qui.

–Ok, signor Lezzi.

–Cancella pure la pizza che volevo ordinare!

–Come desidera lei. L'ho già cancellata... Solo un'ultima cosa...

–Che vuoi ancora?

–Il suo passaporto...

–Beh, che c'è?

–È scaduto.

SPIRAGLI DI VITA

– Ci vediamo domani pomeriggio. Prepara intanto già da stasera una decina di tuoi quadri. Ciao.

Così rimasi d'accordo, con l'amico Antonello. Lui avrebbe portato dieci foto in bianco e nero, e io i miei dipinti, da esporre in un apposito *stand* in occasione della *Festa dell'Avanti*, organizzata come ogni anno dalla sezione del *P.S.I.* di un paese vicino.

Erano anni di grande fermento politico, nella cosiddetta *Prima Repubblica*, in cui d'estate i tre maggiori partiti politici organizzavano delle feste di piazza per fare un po' di propaganda, racimolare nuovi adepti e autofinanziarsi. Ospitavano spazi per dibattiti, spettacoli, concerti e *stand* di vario genere, oltre che naturalmente gastronomici – da sempre i più apprezzati. L'organizzazione veniva curata da volontari iscritti, simpatizzanti del partito, mentre la partecipazione alla festa era ovviamente aperta all'intera cittadinanza.

Il mio amico era da tempo dedito alla fotografia. Andava girando spesso nella campagna salentina alla ricerca di antiche masserie, angoli caratteristici, ambienti naturali tipici del nostro territorio, da immortalare con la sua *Canon* e sviluppare poi in bianco e nero presso uno studio fotografico in città, col cui titolare aveva fatto da tempo amicizia. Si era talmente appassionato all'arte fotografica che era solito fare ogni tanto, a fine settimana, anche delle puntatine presso la vicina Lucania, dove, in alcuni arcaici paesini, effettuava ritratti a vecchietti dal viso particolarmente scarno e rugoso, immagini iconografiche di una civiltà contadina ormai perduta ai giorni nostri. Erano quasi sempre seduti con le spalle poggiate a muri scalcinati, inondati e accarezzati da un sole che ne accentuava il contrasto tra le pieghe della loro grinzosa, coriacea e vissuta pelle.

Io invece mi ero accostato alla pittura, già da qualche anno. Realizzavo dipinti olio su tela, preferendo questa tecnica ad altre, come acrilico, acquarello eccetera. I colori ad olio tardavano ad asciugare e ciò mi consentiva di apportare, se necessario, modifiche anche sostanziali al dipinto, fino a raggiungere il risultato finale con varie e numerose velature. Questi colori erano poi molto più brillanti e con un maggiore spettro cromatico rispetto all'acrilico, grazie alla presenza di olio di lino.

Buona parte dei soggetti mi era naturalmente fornita dall'amico Antonello, il quale mi passava alcune sue foto, generalmente della dimensione di 30x40 centimetri, rigorosamente in bianco e nero, che io poi riproducevo su tela, eventualmente ingrandendole e dando il giusto colore. Col tempo e la pratica, avevo creato un mio personale stile cromatico, accostando i colori in modo che il loro accordo d'insieme avesse un'espressione caratteristica e distinguibile. Ero riuscito a vendere anche un buon numero di miei dipinti, prima di partecipare quella sera, trascinato dal mio amico, alla festa politica di cui francamente non mi importava granchè. Arrivammo in piazza con il nostro "prezioso" carico artistico, che esponemmo accuratamente nello *stand* a noi riservato, dopo aver salutato i promotori e organizzatori della festa.

Devo dire che da subito incontrammo giudizi e pareri molto lusinghieri circa le nostre opere. Eravamo gli unici ad esporre lavori artistici. Accanto a noi c'erano due punti vendita gastronomici che emanavano olezzi ed effluvi di salsiccia e carne arrostita, con ondate di fumo che, spinte verso di noi da un leggero venticello, conferivano alle nostre opere un'aura poco convincente e di sacrilega lontananza dal significato politico della manifestazione in cui erano immerse, facendole risultare quindi in aperto contrasto con lo spirito epicureo e gaudente di quella piazza.

...Un'aura dolce, senza mutamento
avere in sé mi feria per la fronte
Non di più colpo che soave vento...

Così declamava l'insigne Poeta.

Insomma la collocazione non era certamente delle migliori, ma in quel modo, la gente, dopo aver placato l'atavico e perenne bisogno di cibo, poteva dedicarsi ad un più aulico, prezioso e raffinato richiamo artistico, avvicinandosi ad ammirare le nostre opere. L'unico problema, a quel punto, era quello che dopo avere speso tanti soldi per placare i morsi serali della fame, non è che avesse granchè voglia di investire in opere dello spirito!

Nonostante questo però, devo dire che la nostra estemporanea – nonchè fumosa e maleolezzante – mostra, ci consentì di vendere tre opere ciascuno, oltre ad ottenere promesse e apprezzamenti vari.

La nostra presenza alla *Festa dell'Avanti* mi sembrò in definitiva abbastanza irrituale e fuori contesto, e mi è sempre rimasto il dubbio, ricordandola, se siamo stati noi due a profanarla o se sia stata essa stessa a profanare noi! Bah...!

Quella serata mi riporta alla mente però un fatto curioso e bizzarro.

Tra i miei dipinti ce n'era uno che avevo intitolato *"Spiragli di vita"*, e ritraeva un elmetto militare caduto e abbandonato per terra, dopo un chiaro conflitto a fuoco, sulla cui sommità una scheggia d'arma aveva procurato un'apertura, dalla cui fessura era spuntata una margherita bianca. Era un'evidente manifesto contro la "guerra" ed era piaciuto subito al marito di una mia cugina, il quale mi aveva intimato di non cederlo a nessuno: l'avrebbe acquistato a fine serata, portandoselo a casa. Il problema fu che lo stesso quadro era stato adocchiato, sin dall'inizio, da uno dei principali organizzatori della manifestazione, che ne aveva pure contrattato il prezzo. Questi aveva poi preso 60.000 lire e me le aveva infilate – bontà sua – in tasca (così erano adusi a fare i socialisti dell'epoca), prima che io cambiassi idea. Questa cosa l'avevo pur fatta presente al marito di mia cugina, ma non aveva voluto sentir ragioni. Per fortuna riuscii a convincere quest'ultimo che il quadro glielo avrei potuto tranquillamente recapitare di persona il giorno dopo. Avevo fulmineamente partorito infatti l'insana idea di farne una copia del tutto simile, magari in acrilico – così si sarebbe asciugata subito – e gli avrei venduto questa, salvando capra e cavoli, non solo, ma aumentando le vendite, che così sarebbero salite a quattro.

Il giorno dopo, di buon mattino, andai a comprare dei tubetti di colori acrilici e mi misi subito a dipingere la stessa figura, con elmetto, fessura, margherita e tanto di firma.

Usai a fine lavoro anche il *phon*, per farlo asciugare più in fretta possibile, facendo scattare più volte l'automatico per via del forno elettrico acceso da mia madre che, proprio quel giorno, aveva deciso di cucinare una teglia di patate e salsiccia: era proprio destino che la mia arte doveva sempre essere contaminata dai più vari e prosaici effluvi culinari.

Dopo pranzo e dopo aver inserito una bella cornice che avevo tolto ad un quadro di eguali misure, andai finalmente a consegnarglielo, con naturalezza, come se nulla fosse. Data la parentela, ma soprattutto per calmare un po' i miei sensi di colpa, gli feci pure un po' di sconto. Del resto poi, lui non era affatto "socialista", e quindi mi venne di favorirlo anche per quest'ultimo motivo.

Ora io non so – pure a distanza di tanti anni – esprimere un giudizio preciso e sincero sul mio operato.

Innanzitutto la colpa, se di questo si può parlare, non fu mia. Io fui indotto, e si può più esattamente dire "obbligato", a comportarmi così.

Poi, se di plagio vogliamo parlare, io avrei dunque plagiato me stesso! Non so se il codice civile contempli un simile atto delinquenziale o illegale che sia... e non lo voglio neanche sapere!

Intanto, per precauzione, da lì a poco abbandonai l'arte della pittura, abbracciando quella musicale – anche lì facendo dei plagi – ma questo è un altro discorso. Però, ad ogni buon fine, rifeci – è vero – lo stesso elmetto, da cui sbucava impertinente quel fiore... ma la margheritina, che nel primo quadro era reclinata a destra, nel secondo la dipinsi volutamente con "scappellamento" a sinistra, onde evitare sgradevoli e antipatici guai.

ARCHITETTURA DEL PENSIERO

Vorrei ribadire che, se *tanto ti dà tanto...* allora accettalo! Perchè non dovresti accettarlo? Accettalo, ti prego. Rischi di rimanere con un *pugno di mosche in mano.* Che poi le mosche io non le capisco; perchè con tanti bei posti che ci sono, devono passeggiare proprio lì sulla mano? Rischiano, che se uno la chiude all'improvviso, vengano catturate e uccise. Forse loro vanno cercando la *gloria*? O forse la *fama*? Qual'è la differenza tra queste due? La *gloria* porta dritti alla conseguente *celebrazione,* con tanto di successiva *commemorazione*; e in questa presunta rievocazione qual'è la differenza tra *celebrati* e *decelebrati*? Tra *celeberrimi* e *deceleberrimi*? Lo sanno, tutti quanti, che la gloria non è di *nessuno*? O forse sì, alla fine di qualcuno sarà, ma *nessuno*, se non i posteri, lo può asserire con certezza. La gloria ha un occhio solo, quindi non può abbracciare tutti, è sempre e solo di qualcuno, è parziale. Sta sempre da una parte e *Nessuno* può dire il contrario, rischiando la *cecità* come una sua personale *Odissea*. Ma una volta avuta, la *cecità* non è operabile, e da *operanti* che eravamo, si rischia di non *operare* più, e se per miracolo un medico ti potesse invece *operare*, allora dovresti portarlo su un *palmo di mano*, dirgli grazie e tenerlo generosamente sul *palmo della mano...* ma provate ad alzare invece questa mano, mettendovela davanti; essa vi farà ombra e la luce non vi arriverà più sul viso. Toglietela adesso la mano, e quel fascio accecante vi illuminerà daccapo e vi abbaglierà, facendovi diventare nuovamente ciechi. E allora vedete come il *circolo si chiude*, ma non è colpa vostra se non aveva tutte le carte in regola, le autorizzazioni a posto, ed è stato chiuso. È come un *gatto che si morde la coda...* che poi non si è mai capito perchè si deve mordere proprio lì. Fu vera gloria? Disse una volta il poeta. Non ha mai ricevuto purtroppo risposta. Io non sono poeta, neanche scrittore, e non cerco certamente la *gloria*. Ho già i miei grossi problemi con la vista e so perfettamente che la gloria acceca, abbaglia. La gloria, come senz'altro sapete, può essere di tre tipi: *abbagliante, anabbagliante* e di *posizione*. Ma se prendi un abbaglio, rischi di uscire fuori strada e allora avoglia a cercare la giusta *posizione*: non la trovi neanche a mettere gli *anabbaglianti*. La gloria ti fa *sentire qualcuno*; invece la gente vuole *sentire* solo se stessa, non altri. Ma se non sei capace di *sentire*, come puoi sentire qualcuno, neanche tu ti senti! *Odi* piuttosto te stesso, ascoltati nel profondo e *odi* così anche gli altri, e se proprio non riesci a *odire* o, come si dice più correttamente, a udire, allora comprati l'*amplifon* e applicalo alle orecchie. *Fallo* subito, non c'è tempo da perdere; *fallo* presto, ma *fallo*. E non pensare che sia un atto erotico e neanche eroico. Attento perciò a non fare il *passo più lungo della gamba*, che poi non si è mai capito come sia possibile: le gambe quelle sono. Se per caso ci dovessi però riuscire, non mettere il piede in *fallo*, altrimenti vedrai che dolore, giù alla cintola! È tutta una questione solo di odio. Mi dici: *Chi di spada ferisce...* e allora basta, smettila, lascia stare, non ferire più! Non devi fare l'*eroina*, basta! Quella ha già fatto tanti danni, basta!

Non abbiamo bisogno di *eroina*, non abbiamo bisogno di eroi, abbiamo necessità di amore, questo sì! *Amare...* bisogna amare, ma amare chi non conosci, non chi conosci. È troppo facile farlo con chi conosci già: anzi proprio perchè lo conosco, io non lo amo affatto! E ci mancherebbe pure! Amare ti deve far sentire uguale all'altro, ti deve far andare oltre: l'amore è il punto più *altro*! Dobbiamo sentirci tutti uguali, non devono esserci più i *fuoriclasse*. Se per caso ne vedete uno, ditegli di rientrare subito dentro, in classe. Non abbiamo bisogno di loro e nemmeno di quei professori a scuola che dicono di avere *classe da vendere*, quando sappiamo benissimo che non hanno neanche la *carta igienica* per i ragazzi. Certo vendendo qualche classe e quegli inutili banchi monoposto con le rotelle, potrebbero migliorare fisicamente la scuola; ma abbiamo piuttosto bisogno di bidelli *esistenziali*. Non se ne vedono più, non *esistono*: dove sono andati a finire? E gli insegnanti di Diritto dove sono? Dovrebbero essere loro a spulciare tra gli articoli della *Carta Costituzionale*! Se ce n'è qualcuno, che spieghi per favore come fare a recuperare la *carta igienica* nelle scuole! Lo so, non è igienico avere questi pensieri, ma la politica a questo ci ha ridotti. Dovrebbe un giorno pensarci Dio, dicono i religiosi. Loro sostengono che Dio abbia un piano per ognuno di noi: ma lo vogliamo suonare questo piano, sì o no? Oppure lo lasciamo che si scordi, lì impolverato, solitario e muto, in un angolo. Davanti a Dio siamo tutti uguali, dicono; e di lato, come siamo? C'è il lato destro, il sinistro, il posteriore... certo a posteriori sarebbe facile parlare, ma nessuno è mai tornato indietro a informarci su come stiano effettivamente le cose.

Credenti, non credenti, protestanti, ortodossi, atei: viviamo oggigiorno in un caos incredibile. Più che tutti questi, a me interessano forse meglio i *vedenti* e i *non vedenti* – laici o religiosi che siano.

Se mentre guidi la macchina, qualcuno – ad esempio un gatto – ti attraversa la strada e tu sbandi per evitarlo, tu – *vedente* – ti trovi nella condizione di *non vedere* il ciclista che ti veniva appresso e che ti ha visto ma che tu non ti sei accorto della sua presenza, e l'hai colpito in pieno. Quindi tu sei, contemporaneamente, *vedente* e *non vedente*, rispetto al ciclista che è *vedente* e però anche *credente*, perchè credeva che tu l'avessi visto dallo specchietto e non facessi improvvisamente quella manovra. Ma neanche tu credevi che il felino facesse quell'attraversamento, quindi tu sei invece *non credente*, mentre il gatto che ha guardato la scena ormai dall'altro lato della strada, è senza dubbio un *osservante*, invece.....

Aspettate un po', che mi sono perso...

«Scusi, per l'ospedale?»

«Sempre dritto, forte fino a quel muro, poi vengono a prenderla loro!».

ECCO COM'È CHE VA IL MONDO

Ogni mattina scendevo volutamente all'ultima fermata della corriera. Preferivo farlo al capolinea, visto che mancava all'incirca una mezz'ora all'inizio delle lezioni a scuola, e sceglievo così di investire il mio tempo giovanile, pavoneggiandomi presso un istituto femminile che si trovava nei paraggi; salvo poi affrettarmi di corsa a raggiungere il mio, che era dall'altra parte della città. Avevo fatto amicizia, sul pullman, con una ragazza grassoccia di un paese vicino, e la accompagnavo a scuola ogni mattina, discorrendo del più e del meno. Lei era effettivamente una piccola collinetta di grasso, ma rideva di gusto a ogni mia battuta e aveva dei luminosi occhietti da gatta, oltre a due belle compagne di classe, proprio niente male. In tempi di magra tutto ciò è "grasso che cola" – mi dicevo – e mi era più che sufficiente per il momento. In quel periodo avevo dei bisogni "naturali" che aumentavano di giorno in giorno a quell'età... e non mi riferisco solo a quelli che, per pudicizia, non nomino. So bene che la vostra morbosità si aspetta che io invece li menzioni, ma ne ho verecondia e quindi non lo faccio. Il mio invece era proprio un puro e insaziabile appetito, in quanto non mi era più sufficiente la solita pagnotta al pomodoro che mi preparava mia madre e che consumavo di nascosto già alla prima ora. La ragazza naturalmente non si accettava fisicamente e si era messa a dieta, di nascosto. La sua mamma le preparava ogni mattina un bel panino al prosciutto e formaggio, ben condito, oppure un paio di *krapfen*, e lei me li passava volentieri, accorgendosi della mia bramosa ingordigia. La ringraziavo e la consolavo, incoraggiandola e, avendo poi io un carattere oltremodo sensibile, evitavo nei nostri discorsi di fare battute "grossolane", provocandole eventuali "grasse risate". La cosa andò avanti per parecchio tempo, al punto tale che senza accorgermene io ero sensibilmente aumentato di peso e lei invece era dimagrita rispetto all'inizio dell'anno scolastico. Me n'ero già accorto dall'area che occupava, accomodandosi sul sedile del pullman. Adesso ero io che tracimavo, straripando e invadendo un po' del suo spazio. Sedendole accanto, facevo subito mio il bracciolo, e questa cosa mi provocava enorme soddisfazione e goduria. L'imbarazzo del bracciolo mi ha da sempre ossessionato e tormentato nei vari momenti della vita, quando, seduto soprattutto accanto ad un estraneo – al cinema, in autobus, sul treno – dovevo conquistare una certa comodità posizionale. Ora lei, che prima somigliava pressappoco a una delle figure dipinte da Botero, era sensibilmente meno dilatata e più asciutta. Il suo organo *adiposo* si era ridotto, mentre il mio organo che precedentemente si era mantenuto *a-riposo*, era diventato invece *adiposo* oltremisura. Avevo preso l'abitudine di frequentarla anche la domenica sera; invece di seguire il mio gruppo di amici, me ne andavo solitario a trovarla. Si sa cosa succede nei paesi; non vedi mai nessuno, eppure cento occhi sono lì ad osservare, captare, registrare e infine riferire tutto il *database* alla centrale, perchè sia efficacemente elaborato. E in quel paesino il servizio di *intelligence* funzionava alla perfezione! I suoi erano stati prontamente allertati, soprattutto la madre che da un po' di tempo trovava la figlia molto cambiata. Avvenne così che una sera la ragazza mi avvisò che i suoi volevano conoscermi. Un po' titubante e imbarazzato accettai, e dopo i soliti convenevoli e le dovute presentazioni, mi chiesero di rimanere a cena. Servirono tanta di quella roba che il lunedì mattina non avevo più bisogno di mangiare i *krapfen* della figlia, perchè sicuramente non avrei fatto in tempo a digerire tutto il cibo della sera prima; anzi ebbi il forte sospetto che l'avessero fatto proprio apposta. La ragazza invece, con grande pena della madre, era diventata anche un po' vegetariana e difatti si mangiò la sua e tutta la mia insalata di contorno al cosciotto di agnello. Di nascosto mi metteva poi la sua carne nel piatto, e io dovevo mio malgrado consumarla. Per fortuna a quell'età avevo un metabolismo alquanto vivace; bruciavo subito tutto e bruciai pure – di nascosto, non visto – qualcosa che buttai nel camino acceso. Nel discorrere poi con la famiglia, non sapevo come comportarmi. Parlando, scoprii che il padre era un *animalista* convinto ed io, complice sicuramente il vino, affermai che l'*animalista* è colui che odia le persone a vantaggio degli animali; quindi non li condividevo affatto, e giurai che proprio non li sopportavo. Dovrebbero chiamarsi *personalisti* invece: era quella la terminologia più giusta, dissi. Strano poi servire un povero agnellino arrosto, dichiarandosi *animalisti*. «Per me quasi tutti gli animali sono stupidi», dichiarai inoltre con convinzione. «Avete mai visto un cane coltivare la terra, inventare, costruire qualcosa... che so, guidare pure un'auto?... Caso mai è l'uomo che può guidare come un cane, giammai un cane guidare come un uomo!»... Per me il ragionamento non faceva una grinza, però notai subito un'increspatura sulla fronte corrucciata del padre.

«E vogliamo parlare dei colombi?» Proseguii. «Avete fatto diventare una colomba il simbolo della pace! Ma siamo impazziti? Un animale che si caca addosso: simbolo della pace?».

Avvertii a quel punto un dolore lancinante alla gamba: era stato un calcione ben assestato da parte della ragazza. Ma io proseguii imperterrito, e cambiando argomento dichiarai con convinzione che, a proposito di matrimonio, non mi sarei mai sposato. Non ero affatto persuaso dal matrimonio. L'anno prima a scuola avevo studiato il *Petrarca*, ed ero più che convinto che se il poeta avesse sposato *Laura*, col cavolo che le avrebbe dedicato tutti quei sonetti!

–Su questo mi sento di darti proprio ragione! – intervenne sorprendentemente e con mia somma meraviglia il papà, che fino a quel momento era rimasto alquanto disorientato dalle mie parole.

–Il matrimonio, disse, è come una trappola per topi; quelli che son dentro vorrebbero uscire, e gli altri ci girano attorno per entrarvi – e subito dopo aggiunse:

–Il fatto che per sposarsi necessitino dei testimoni, è la prova evidente che stai commettendo un reato!

Mi accorsi a quel punto che la moglie, digrignando i denti, cercava in tutti i modi di fulminarlo con lo sguardo, e se non ci fossi stato io, probabilmente gli avrebbe tirato un tizzone acceso del camino.

Avevo inconsapevolmente toccato un tasto sensibile, un nervo scoperto, e avevo di colpo guadagnato tutta la stima e solidarietà di quel marito.

Non ero comunque così stupido, nonostante la giovane età. L'avevo fatto apposta per discorrere in quel modo – ed in questo ero stato facilitato certamente dai bicchieri di negramaro, bevuti pasteggiando – ma entrando in quella casa avevo avvertito fin dall'inizio un'aria di lusinga, di allettamento, e francamente ero ancora troppo giovane, oltre che allergico e refrattario a simili adescamenti.

Salutai dunque con deferenza e ringraziai calorosamente per l'ospitalità, ben sapendo che dal giorno successivo avrei perso per sempre quei deliziosi *krapfen* e la libidinosa pagnotta quotidiana.

Diedi uno sguardo compassionevole a quel pover'uomo e uscii da quella casa, immergendomi nel buio della sera.

UNO STOICO SOLDATO

Il secondo giorno di quel periodo vivace, ancorchè fastidioso e insofferente, che è il servizio militare, mentre eravamo tutti inquadrati e fermi come statue nel cortile della caserma, ci furono consegnate le divise grigioverdi. Eravamo ancora in abiti civili e indossare quelli militari, per molti di noi, era una cosa antipatica, una scocciatura che purtroppo non si poteva evitare, lo sapevamo benissimo. In particolare, io e un ragazzo di Latina eravamo molto riottosi a farlo, perlomeno nell'immediato. Cercammo allora di evitare di indossare la divisa per qualche altro giorno, rimanendo ancora in abiti borghesi, ai quali eravamo tanto affezionati. Per ottenere questo, mi venne un'improvvisa e fulgida idea: scambiare giacca e pantaloni con l'amico che era un po' più alto e robusto di me, indossarli, e fare presente al sottufficiale che non avevamo trovato la taglia giusta; quindi almeno per quel giorno e finchè non si riusciva a scovare un abbigliamento con misure adeguate, dovevamo rimanere in abiti civili. Commettemmo però il grave e imperdonabile errore di presentarci insieme al cospetto di quel sergente, il quale ci osservò, fece un passo indietro, uno di lato, riflettè un po'... dopodichè sentenziò iluminandosi in volto: «Avete provato a scambiarvi gli abiti voi due...?».
Mi sarei preso a schiaffi da solo, per quella ingenuità!
Successivamente, il giorno dopo, a ognuno di noi fu assegnato l'incarico da svolgere durante tutto il servizio

militare. A me fu dato il «*54A*»; non sapevo il significato di quella sigla o codice. Chiesi in giro e, sempre il solito sergente, mi disse: «Macellaio». Rimasi a bocca aperta. Macellaio, io? Non avevo ucciso mai nulla in vita mia, all'infuori di qualche povera lucertola in campagna o di qualche pesciolino che, poverino, avevo maciullato per cercare di togliere l'amo dalla sua bocca. E poi non sapevo distinguere tra carne di primo e secondo taglio, filetto, controfiletto, reale, scamone, noce, lombata...

«Zitto!» Mi disse un ragazzo. «Se riesci a imboscarti in cucina, sei bello e sistemato. Non farai quell'antipatico e faticoso addestramento, nè le guardie di notte, e lì dentro potrai sceglierti sempre i migliori bocconi da mangiare!» A quel punto mi si illuminò la mente, il cuore e tutte le altre frattaglie: ero contento, davvero soddisfatto! Mi si prospettava un anno di servizio militare comodo, semplice e tollerabile.

Non andò però così. Era stato commesso un errore imprevisto in *Fureria*, perchè su al Comando avevano stabilito che a tutti i possessori di diploma o di laurea andava assegnato il compito di *Capopezzo*, dove per *pezzo*, in Artiglieria, si intendeva il cannone. Era l'incarico più prestigioso (per quel poco che mi poteva interessare) ma anche il più faticoso e pieno di responsabilità. Tutti i santi giorni bisognava fare addestramento e, a turno con gli altri reparti della caserma, sobbarcarsi anche la sorveglianza di notte.

Una domenica pomeriggio di novembre mi capitò di dover fare la mia prima famigerata guardia in caserma. Salii piano i gradini della scaletta di ferro e mi ritrovai in una cabina che in gergo militare chiamavano "*altana*", forse perchè era davvero alta, circa sei metri da terra. Eccomi lassù col mio fucile "*Garand*" a sorvegliare il muro di cinta del retro della caserma. Da lì si dominava tutta la vallata circostante, con sullo sfondo le alture già imbiancate dell'Appennino abruzzese. Non ero solo però: ero in compagnia oltre che dell'immancabile "*Garand*", anche e soprattutto dell'inseparabile radiolina a transistor, con cui ascoltavo un po' di musica, di cui proprio non sapevo fare a meno.

Stavo lì da un quarto d'ora quando, da un viottolo, vidi avvicinarsi un'auto. Era l'ora del crepuscolo, il sole era già quasi tutto nascosto dietro quei dolci declivi, ed io osservavo quel tramonto di montagna, così diverso dai tramonti della mia terra. La macchina avanzava lentamente, ogni tanto si fermava; sembrava incerta nel cammino. Era l'unica presenza vitale in quel tratto di vallata dove, forse per mancanza di alberi, non si vedeva volare neanche un uccello. Era ormai a pochi passi, e procedeva lungo quel sentiero che costeggiava il muro di cinta della caserma.

Improvvisamente un sussulto, una frenata, ed ecco che si ferma proprio sotto l'*altana* dove me ne stavo pazientemente di guardia. Era una posizione certamente irrituale ed io, secondo le istruzioni ricevute, avrei dovuto dargli "l'altolà chi va là!". M'imbarazzai doppiamente; innanzitutto perchè quella era la mia prima esperienza e non mi ero mai trovato in una condizione simile, poi perchè, se pure avessi gridato, non mi avrebbero certamente sentito, al chiuso com'erano nella loro auto.

C'era però anche un ulteriore terzo sottile motivo, senza dubbio per me il più importante e scabroso: avevano tutta l'aria di essere una coppia d'innamorati in cerca di un posto tranquillo e sicuro per le loro dolci effusioni – giusto per usare un eufemismo. E quale posto più difeso e protetto di quello? Avevano a disposizione anche un servizio gratuito di *bodyguard*! Pensai che sicuramente l'avevano fatto apposta a fermarsi proprio sotto di me. Lì si sarebbero sentiti più protetti, con l'angelo custode che da lassù vegliava su di loro! Ma si rendevano conto quegli svergognati, nonchè sciagurati, che a preservarli dai pericoli c'era un povero giovane, solitario e ramingo, a diverse centinaia di chilometri da casa e dalla sua ragazza, in un'età in cui basta un niente per riuscire a innescare una tempesta ormonale, difficile poi da placare e smaltire in tale situazione?

Le ombre della sera erano sopraggiunte, ma attraverso i vetri dell'auto, nonostante fossero già abbastanza appannati dai voluttuosi sospiri di quei focosi amanti, si scorgeva un groviglio di gambe e braccia che si dimenavano con frenesia. Ad un certo punto una di queste urtò pure contro il clacson, facendolo strombazzare con vigore nel silenzio calmo della sera.

Mi venne in mente così di attuare una particolare tattica e cioè quella di pensare a cose brutte, le più spiacevoli, avverse e negative possibili. In tal modo, forse, il mio sistema simpatico-vegetativo, che era prontamente intervenuto attivando tutte quelle funzioni corporee involontarie che madre natura ha dato a noi maschietti, avrebbe cessato di elettrizzarmi, interrompendo il fluire di certi pensieri e ristabilendo così quel senso di pace e di equilibrio che avevo poco prima del loro arrivo. A questa tattica cercai di abbinare anche un po' di meditazione a cui mi ero avvicinato tramite un compagno di camerata, appassionato di buddismo. Riuscii in effetti, dopo soli dieci minuti di meditazione a calmare tutti i muscoli del corpo, tranne uno... sì, proprio quello; non c'è bisogno che lo nomini: avete capito benissimo!

Insomma la mia prima esperienza di guardia durante il servizio militare si era trasformata in qualcosa di veramente insopportabile. Con un'intera vallata a disposizione, questi sciagurati stavano dispettosamente amoreggiando proprio sotto lo sguardo vigile di un povero soldato. A quel punto, pensai, non mi rimaneva altro da fare che dargli per tre volte "l'Altolà, chi va là?" poi il "Fermo o sparo!" e se non avessero smammato, avrei davvero sparato... in aria, certo! Ne avevo ampia facoltà! Mentre ero arrivato già a questa determinazione, vidi improvvisamente accendersi le luci dell'auto. Oh, finalmente! pensai. Sentii più volte, nel silenzio della sera, il motorino d'avviamento che pur sforzandosi non riusciva a mettere in moto l'auto. Ci mancava pure questo! Scese un uomo dalla macchina e immaginai che volesse dare una spinta al mezzo – comunque di piccole dimensioni – per farlo partire, mentre la donna se ne restava al volante; così almeno è bene fare in casi del genere. Invece, aprendo con furia lo sportello dell'altra fiancata, e inveendo verso la povera auto, vidi scendere un altro, ehm... maschio! Rimasi qualche secondo sbigottito: proprio non me l'aspettavo!

Ora, vorrei far presente che io non sono affatto omofobo, specialmente in tempi attuali, dove impera in ogni campo il "politicamente corretto", e non ce l'ho con nessuno. *Gay*, *trans, LGBT, intersessuali, asessuali...* hanno tutti uguale dignità e diritti, e naturalmente possono amarsi come e quanto vogliono... però, io avevo all'epoca solo vent'anni, e mi dovete scusare se ho descritto e riportato un certo imbarazzo e delusione... semplice disappunto direi, essendomi eccitato per nulla; senza volerlo e dal mio punto di vista sessuale, certo. Del resto tra le mie amicizie c'era anche un ragazzo gay. Un giorno un tizio mi ha chiesto se anch'io fossi gay; io gli ho risposto: « No, perchè?» e lui: «Perchè ti ho visto parlare con un omosessuale». Gli ho risposto: «Non sono neanche ritardato, eppure sto parlando con te!».

Nei mesi a seguire passati in quella caserma, quell'accadimento mi stava quasi per condurre sulla via dello *stoicismo*, sapendo che lo stoico, appunto, persegue "l'apatia", cioè la totale assenza di passioni. E io non volevo più sbagliare ad avere eccitazioni discordanti dalla mia natura, e, come in quel caso, "a mia insaputa".

Ero invece pur sempre un *epicureo* al maschile... e tale sono rimasto.

Da questo potreste forse dedurre che abbia fatto studi filosofici?... No, affatto! Diciamo pure poco e niente, ma da quel poco che ho letto, Clitoride è il filosofo greco che più mi ha affascinato.

MENSA SANA IN CORPORE SANO

Dopo un anno di lavoro presso un privato, nella fattispecie un grande e avviato negozio di prodotti chimici, avendo fatto diversi concorsi nelle pubbliche amministrazioni, fui chiamato inaspettatamente da una di queste. Avevo vinto il concorso l'anno prima, ma non si decidevano a fare ancora alcuna chiamata. L'Amministrazione in questione era quella dei Monopoli di Stato che trattava all'epoca soprattutto la coltivazione del tabacco e la manifattura di sigarette, mentre oggi ha cambiato profondamente la sua attività, occupandosi del settore giochi, scommesse, e riscossione tributi e accise dello Stato. Di male in peggio direi, anche se – da non fumatore e non giocatore – penso che l'attività storica sul tabacco contribuiva, se non altro, a portare avanti un comparto agricolo che dava concreto sostentamento all'economia di buona parte del nostro territorio.

Presi dunque servizio in una calda giornata d'agosto, e uscendo di casa con la mia gloriosa *Lambretta 125* – un affarone di terza mano – mi diressi in città presso la sede dell'Ufficio dove ero stato assunto. Passando vicino a una fontana, prima di imboccare la strada provinciale, notai per terra una grande macchia. Era naturale che fosse d'acqua, vista la presenza della fontana – così almeno pensai. Era invece sfortunatamente olio, perso da chissà chi; la ruota posteriore slittò ed io mi ritrovai steso per terra come un salame. Fui soccorso subito da alcuni passanti, tra cui la mamma di un amico che, preoccupata, voleva condurmi a casa sua per un bicchiere d'acqua, quando invece avevo a disposizione un'intera fontana, posta sul luogo dell'incidente. E poi non ero affatto sotto *shock*, come loro paventavano; ero soltanto irritato e spaventato per l'inattesa perdita di tempo. Era il mio primo giorno di lavoro da impiegato statale, ero in grave ritardo, e non potevo rischiare di macchiare già da subito, con quella prima "macchia" indelebile, le mie note caratteristiche!

Raggiunsi l'Ufficio facendo l'autostop e, con le escoriazioni – tipo stimmate – ad entrambe le mani e i pantaloni macchiati di sangue, feci il solenne giuramento, com'è debito fare quando si lavora per lo Stato. Ci tenni a sottolineare, a quel punto, che il mio era stato un solenne "Giuramento di Sangue", come neanche nelle sette più segrete si usava ormai fare! Dopodichè rimasi in attesa dell'assegnazione dei compiti da svolgere.

Ero abituato, in quell'anno di lavoro presso il privato, a sgobbare quasi sempre sotto il suo occhio vigile e dovevo quindi darmi da fare, essendo naturalmente sconveniente farsi vedere con le mani in mano. Anche se non c'era – in alcuni momenti della giornata – qualcosa da fare, ci inventavamo comunque qualche lavoretto, anche il più banale, per mostrarci fattivi e operosi. Poi, volendo, le occasioni per rilassarsi un po' in ogni caso si trovavano, non appena si usciva dal radar di controllo del datore di lavoro.

Presso quella pubblica amministrazione invece, la supervisione del capufficio era davvero meno opprimente e passavamo la prima mezz'ora della giornata solo per decidere cosa fosse meglio prenotare alla mensa aziendale. Si mangiava alle 12:30 e si aveva diritto a un contributo fisso in lire, a carico dell'Ufficio, che copriva il prezzo di un primo e un secondo piatto con contorno, più un panino. Volendo anche la frutta, con vino, birra, e qualcosa di più costoso, la differenza rispetto alla quota aziendale era a carico del dipendente. C'era chi pagava quasi ogni giorno il *surplus* di quota e chi, come il mio dirigente amministrativo, faceva quadrare perfettamente i conti, per risparmiare: non a caso costui era un ragioniere.

Come addetto al suo ufficio, fui invitato a mangiare già dal primo giorno al suo tavolo, giù in mensa. Prenotando un semplice piatto di spaghetti al sugo e una fettina di vitello arrosto, con fagiolini di contorno e un panino, dovevamo integrare la differenza, che comunque era nell'ordine di poche lire. Il nostro ragioniere ci ragionava parecchio sui prezzi stabiliti dall'apposito "Comitato mensa aziendale", e riusciva invece a impattare ogni giorno. Ricordo che in quella mia prima giornata di lavoro anch'egli aveva prenotato un piatto di spaghetti, ma per risparmiare li aveva presi – come suo solito – conditi solo con un filo d'olio, a crudo, senza burro, trovando l'alibi della dieta anti-colesterolo. Per secondo poi aveva prenotato una piccola mozzarella, senza contorno, e un panino. L'acqua fortunatamente era gratis per tutti. Le vicissitudini di quella mattina mi avevano prodotto un grande appetito e spazzolai in un batter d'occhio tutti i miei spaghetti, passando subito alla fettina di carne. Il ragioniere era stato molto più lento, forse per via del proprio metodo di inforchettare la pasta o forse per una sua personale tattica. Usava prendere tre, al massimo quattro spaghetti per volta, per poi arrotolarli in senso orario, aiutandosi col cucchiaio, e formando così una matassa perfetta da portare alla bocca. Importante per lui era stare attento a non fare grovigli con fili penzolanti o informi. Mentre io già tagliavo la mia fettina di carne, guardavo di sottecchi il dirigente, ammirando la perfezione stilistica e formale del suo pasteggio... a parte l'uso del cucchiaio che, per alcuni esteti dello "stare bene a tavola", facenti parte dell'*Accademia Nazionale del Galateo*, è assolutamente vietato. Ma qua siamo su alti livelli di perfezione. Secondo questi "accademici", è sbagliato pure tagliare lo spaghetto. Esiste per loro una sola, unica circostanza, in cui è ammesso tagliare gli spaghetti: se a mangiarli è un bambino o una bambina che ancora non padroneggia perfettamente la masticazione. Al di sopra quindi dei 4 o 5 anni non è più concesso! E visto che è saltato fuori il discorso su quello che è il nostro piatto nazionale, rammento pure che "galateo", secondo questi puristi, significa accoglienza e benessere verso eventuali nostri ospiti. È evidente l'imbarazzo che possono creare gli spaghetti per le loro intrinseche caratteristiche morfologiche; proprio per questo "l'Accademia" afferma che sarebbe meglio evitare di offrirli a un pranzo o a una cena, così da non creare impaccio nei commensali. Ma questo è un altro discorso.

Non era certo il caso del mio ragioniere, il quale a un certo punto, per nulla imbarazzato, anzi con fare disinvolto, prese una bella forchettata dei suoi spaghetti – stavolta senza fare uso del cucchiaio – e li traslocò con decisione nel mio piatto rimasto unto di sugo e formaggio, girandoli e rigirandoli impietosamente sotto il mio sguardo sbigottito. Devo correttamente dire però che, un attimo prima dell'esecuzione di questa folgorante operazione, mi aveva educatamente chiesto il permesso per poter attingere ed intingere nel mio piatto. L'altro commensale non battè ciglio. Mi raccontò in seguito, a quattr'occhi, che era solito farlo anche con lui.

In vent'anni di vita lavorativa in quell'amministrazione, la mensa è stata uno dei ricordi più belli e bizzarri che abbia avuto.

L'addetto alla distribuzione pasti non era particolarmente ligio alle leggi del "Galateo" e capitava spesso che se gli si avvicinavano due persone simultaneamente a prendere il proprio piatto, e lui ne aveva in mano due difformi, dopo un rapido sguardo incrociava repentinamente le braccia, cambiando così l'orientamento della consegna e offrendo la pietanza migliore e più guarnita al collega che gli era maggiormente simpatico. Visto che la cosa succedeva abbastanza frequentemente, qualcuno interessò a un certo punto il sindacato, protestando per questo e per un altro increscioso problema.

Con il contributo dell'Ufficio, il pasto – per così dire "istituzionale"– spettante ad ogni dipendente, consisteva in un primo, un secondo e un contorno. Si poteva generalmente scegliere tra tre tipi di primi, tre tipi di secondi e tre contorni. Ora, se a qualcuno putacaso non piaceva nessun primo piatto, sarebbe stato un vero peccato che quei soldi andassero persi; perciò si riuscì a ottenere che l'importo del "primo" potesse essere utilizzato su di un altro "secondo" con un altro "contorno", che così diventava "secondo contorno", come quello di prima, perchè il "primo contorno" e il contorno del "primo secondo" – che era quello basale – diventava in tal modo sostitutivo del "primo". Poi c'erano alcuni "secondi" indissolubili, che non si potevano dividere, come la bistecca, la mozzarella eccetera, ed altri invece, come le polpette – in numero di due – la cui divisione si poteva chiaramente effettuare. C'era una cuoca sudaticcia e assai grassa – come quasi tutte le cuoche – che faceva delle grosse polpette che, abbinate ai contorni, risultavano essere molto appaganti. Ai colleghi più anziani ne bastava una sola per saziarsi; era perciò un peccato perdere anche i soldi dell'altra, rinunciando a mezzo secondo.

Tramite il sindacato, lottammo allora strenuamente per convincere l'Amministrazione a dirottare quei soldi su un altro contorno, che così sarebbe stato il "terzo contorno". Il "primo contorno" era quello di base che andava col secondo, il "secondo contorno" era quello che veniva preso al posto del primo e il "terzo secondo" era quello che andava al posto del primo "mezzo secondo". Ma se il primo "mezzo secondo" poteva essere sostituito da un contorno, sia pure esso "terzo contorno", perchè il secondo "metà secondo" non poteva essere abbinato ad un contorno? Anch'esso aveva diritto a una guarnizione di verdure... almeno così sembrava a tutti.

Se credete che non abbia esposto bene e correttamente i termini di quel vecchio contenzioso, non avrei assolutamente problemi a ripetere pure tutto daccapo...

La vertenza andò per le lunghe, tanto che nel frattempo io riuscii pure a sposarmi, e allora a quel punto abbandonai per sempre quella mensa, frequentando a pranzo quella mia casalinga, più precisa, fidata, giusta e casereccia...
Ma questa è tutta un'altra storia.

PROVARE PER CREDERE

C'era ancora tanta ombra sulla facciata della casa che dava sulla strada principale del paese. Tale veniva considerata anche da me la strada che conduceva ad Acaya, sia per il fatto che divideva centralmente in due l'abitato, ma soprattutto perchè le persone erano costrette a passare tutte da lì per andare al mare o, come estremo ultimo atto della loro esistenza terrena, raggiungere il riposo eterno presso il locale cimitero.

Luca, col viso corrucciato, era uscito di buonora in quel caldo mattino di agosto, attrezzato di secchio, rullo e pennello, per tinteggiare quella parte di abitazione, in tutta la sua altezza. Così gli era stato comandato di fare; una specie di punizione per una marachella combinata il giorno prima, a cui si era pure aggiunta l'aggravante di essere rientrato tardi la sera a casa. Aveva partecipato a una scorribanda con un gruppetto di amici, per rimpinzarsi di angurie e melloni in una campagna vicina. Il proprietario, che aveva pure un piccolo vigneto adiacente, si era attardato a fare il guardiano fino a sera, nascosto in una casupola, per paura che qualcuno portasse via soprattutto i grappoli d'uva già maturi. E dire che quei frutti non mancavano certo in casa, avendoli coltivati come ogni anno, in abbondanza, suo padre che era contadino. Naturalmente tutto era stato fatto per il gusto dell'avventura. Sembra quasi che il proibito sia rivestito da un alone che ci attira irresistibilmente – lo sappiamo bene tutti. In fondo, si tratta di una manifestazione quasi naturale che sorge quando qualcosa ci incuriosisce o quando desideriamo conquistare la libertà. La società inizia da subito a limitare le nostre azioni con una lista di proibizioni, e questo ci spinge a volte a sperimentare ciò che ci viene negato, perché abbiamo bisogno di conoscere l'ignoto e di valutarne le conseguenze. Trasgrediamo le regole, per vivere queste conseguenze in prima persona.

Erano stati dunque scoperti e colti in flagrante, e questa era stata la sua punizione... per adesso. Sperava che se avesse fatto un buon lavoro, suo padre l'avrebbe perdonato e si sarebbe personalmente attivato per chiudere bonariamente la faccenda con il contadino in questione.

Dando uno sguardo d'assieme alla facciata della casa, la situazione era davvero scoraggiante. Il muro da dipingere era alto più di quattro metri e quel doppio prospetto ne misurava in larghezza all'incirca otto.

Era inutile ormai recriminare: toccava a lui fare quel lavoraccio. Di trascorrere una bella giornata al mare – con l'estate che ahimè stava per finire – proprio non se ne parlava. Il muro era tra l'altro abbastanza annerito e ammalorato, a causa delle intemperie invernali e andava trattato con due e forse anche tre passate di tinta.

Luca fece un profondo sospiro, intinse il rullo nella bianca tempera e, con l'aiuto di una lunga canna, alla cui estremità aveva posizionato l'attrezzo, si apprestò svogliatamente a dare una prima mano di candido colore. Si accorse ben presto che il rullo non era adatto per l'occasione; aveva fatto questo tentativo immaginando di sbrigarsi prima, ma non riusciva a coprire bene con la tinta la superficie in questione. Dovette usare quindi il pennello, ricordandosi della pubblicità – vista tante volte in televisione – che diceva: "Per dipingere bene una parete grande, non ci vuole un pennello grande, ma un grande pennello". Notò subito che l'attrezzo era della stessa marca e cominciò a testare *ipso facto* la veridicità di quel noioso e invasivo messaggio commerciale.

Spennellò un po' fino all'esaurirsi della tinta sul pennello, dopodichè si allontanò osservandone il risultato. Ciò che aveva fatto era come un minuscolo atollo in mezzo all'oceano: era davvero scoraggiato... quand'è che avrebbe finito? Che ne sarebbe stato di tutti i progetti fatti per quel fine settimana? Era davvero triste e rammaricato. Ma c'era anche un'altra cosa, per lui davvero scottante, che lo avviliva e demoralizzava: prima o poi da lì sarebbero passati i suoi amici, diretti chissà dove a divertirsi, mentre lui era costretto a fare quell'interminabile lavoro; sicuramente si sarebbero fatte delle grasse risate e lo avrebbero canzonato...

Succede a volte, però, che quando si è nella più cupa disperazione, qualcosa di misterioso dentro di te, ti dia improvvisamente una soluzione davvero inaspettata.

Riafferrò così con determinazione l'asta col pennello, lo intinse nel secchio, facendolo ben scolare, e riprese tranquillamente il proprio lavoro.

Con la coda dell'occhio si accorse subito dell'apparizione in lontananza – all'inizio della strada – di Tonino. Camminava felice, dando ogni tanto un calcio a qualche sassolino e gustando compiaciuto un bel ghiacciolo alla menta. Arrivò ben presto vicino a Luca che, con noncuranza, continuava tranquillamente a spennellare.

L'amico lo osservò un po' e poi naturalmente lo cominciò a stuzzicare, punzecchiandolo.

–Che si fa, si lavora?

Luca non gli rispose e anzi indietreggiò di due passi, come per valutare meglio e con perizia il lavoro svolto fino a quel momento. Il gelato gli dava l'acquolina in bocca ma lui, tutto assorto nel lavoro, si fece di nuovo avanti e diede un'altra passata di pennello, fissando poi con occhio critico e competente il muro.

–Al lavoro proprio di sabato, eh!

–Ah, scusami Tonino, non ti avevo visto.

–Vado a casa a prendere la bici e poi dritto al mare. Vuoi venire? – gli disse tendenziosamente l'amico – Forse però preferisci continuare a lavorare, ti capisco – aggiunse con un sorriso beffardo.

–Lavorare?... ma scusami, chi è che lavora?

–Mi vuoi prendere in giro? Non è lavoro quello che stai facendo?

Luca intinse nuovamente il pennello nella tempera, fece in silenzio qualche altra spennellata e poi, quasi con benevolenza, si degnò di rispondergli.

–Dipende dai punti di vista. Forse sì e forse no. Una cosa però è certa: mi piace farlo e quindi non lo considero affatto un lavoro.

–Ma dai! Ma che cacchio dici! Vuoi darmela a bere che ti piace stare sotto il sole, di sabato, a dipingere?

–È chiaro che mi piace, altrimenti non lo farei e me ne andrei anch'io al mare a nuotare e divertirmi, come voialtri. Non capita tutti i giorni di realizzare un lavoro del genere, sul prospetto principale di una casa, sapendo che tra poco meno di una settimana passerà da qui la processione per la festa della Madonna e tutti potranno ammirare e apprezzare il lavoro da me eseguito!

Tonino smise di gustare il gelato. La questione, dopo le parole di Luca, iniziava ad assumere un aspetto nuovo. Le pennellate andavano avanti, e facendosi un po' indietro e poi di lato, Luca osservava minuziosamente il proprio lavoro, riprendendo subito dopo a pitturare.

–Ehi... ti dispiacerebbe farmi provare un po'?

Luca s'interruppe, riflettendo un attimo, poi fece come per cedergli il pennello... ma cambiò improvvisamente idea.

–No, mi dispiace, Tonino. Non sarebbe una buona cosa. Sai che mio padre è un tipo molto pignolo e incontentabile, soprattutto per questo prospetto, poi. È dalla parte della strada principale, purtroppo, e lui me l'ha detto di fare le cose con cura, perchè ci tiene molto. Guarda... se fosse dall'altro lato sarebbe già diverso. Io non credo che ci sia un ragazzo in tutto il paese, anzi in tutto il territorio comunale, che riuscirebbe a farlo a regola d'arte!

–Sul seriooooo? Ma che dici!... Dai Luca, fammi un po' provare, ti faccio vedere io!... Se mi avessi chiesto tu una cosa del genere, ti avrei certamente accontentato!

–Dico davvero, Tonino. Ti do la mia parola, proprio non posso!... Ti dico pure che lo aveva chiesto Gianni e mio padre non ha voluto. Anche Gigi lo voleva fare, e non gliel'ha permesso. Come faccio adesso a lasciarti pitturare la casa... e se poi non viene bene?

–Ma dai, Luca! Ti prometto di stare molto attento... guarda, ti cedo volentieri il gelato!

Assumendo – esternamente – un atteggiamento esitante e contrariato, ma con l'animo giulivo e gonfio di contentezza, Luca si lasciò togliere dalle mani l'asta col pennello e, mentre Tonino dipingeva e sudava, sudava e dipingeva, sotto il solleone d'agosto, lui se ne stava stravaccato al fresco, sul marciapiede di fronte, dall'altro lato ombroso della strada, gustandosi beatamente l'ultimo pezzetto del gocciolante gelato. Ogni tanto passavano alla spicciolata altri amici – o per meglio dire, gonzi – che diretti al mare e fermatisi invece a canzonare e deridere Luca, finivano per continuare il lavoro che Tonino, ormai stanco e sudato, non era più in grado di portare a termine. Dopo di lui, infatti, concesse il privilegio della pittura – a pagamento, naturalmente – a Sandro, per una scatola quasi integra di *chewing-gum*; a Paolo, per una fionda fatta con un forcelluto e robusto ramo d'ulivo; a Marco, per due consumate e, non si sa come, spaiate pinne da sub; a Leonardo, per un aquilone da controllare e sistemarne solo la coda, e altri che non ricordo e che in quella calda mattina d'agosto lo fecero diventare davvero "ricco", gli tennero anche compagnia e soprattutto diedero tre mani di pittura al prospetto della sua casa... e, se non si fosse esaurita tutta la tinta, sono convinto che starebbero ancora lì a dipingere.

UNA COMMOVENTE TENEREZZA

La "malattia del polso duro", era questo il nome arcaico di ciò che oggi conosciamo come "ipertensione". Perforando o tagliando una vena, oppure usando le care vecchie sanguisughe, lo scopo era quello di togliere il sangue in eccesso dal corpo, diminuendone il volume. Le stesse procedure le ritroviamo nell'antico impero cinese e in Mesopotamia, incise su alcune tavole di argilla contenute nella libreria reale. Celso, Ippocrate, Galeno e tutti i grandi medici dell'antichità, si sono poi cimentati con questo fenomeno, nel quale i pazienti presentavano un battito più intenso quando si andava a sentire il loro polso. Ma l'uso di questa tecnica, che noi oggi potremmo senz'altro definire rudimentale, si è protratto quasi fino ai giorni nostri. Esisteva un tempo il "mignattaio" detto anche "sanguettaro" che raccoglieva e vendeva questi animaletti, molto usati in medicina. Spesso li cedeva direttamente ai farmacisti, che li acquistavano per rivenderli ai pazienti. Le sanguisughe venivano così utilizzate a scopi terapeutici, in sostituzione del salasso. Il salasso con le mignatte è stato per secoli la panacea per qualsiasi malanno, dall'influenza alla gotta, alla polmonite, e naturalmente agli attacchi di cuore e pressione alta. Oggi, col progresso della farmacologia, questo genere di salasso, e quindi l'uso delle sanguisughe in terapia, è quasi completamente abbandonato, almeno nei paesi tecnologicamente più progrediti. Ne esiste un altro di salasso... ma non vorrei sconfinare su un terreno sdrucciolo!

Ricordo vagamente – quasi come un sogno, data l'età giovanissima – un pomeriggio in campagna con mio padre. Ero stato con lui tutto il giorno e al crepuscolo – come al solito non era mai sazio di lavoro – lo aspettavo impaziente per tornarcene a casa. Mi disse di attendere un altro po' e lo vidi scendere giù nel canale d'irrigazione che era stato realizzato molti anni prima, per adacquare i campi. Con i pantaloni rivoltati fino al ginocchio, entrò in acqua e, scrutandone la superficie, ogni tanto lo vedevo prendere qualcosa che poi inseriva dentro un boccaccio. Tempo dieci minuti, e aveva caturato sei sanguisughe che nuotavano flessuose nel recipiente di vetro, riempito per metà d'acqua. A casa lo aspettava la madre, ultraottantenne, a cui il medico di famiglia aveva prescritto un salasso da fare con le sanguisughe, per tenere sotto controllo e alleviare i suoi problemi ipertensivi. Quelli erano i metodi primitivi che ancora venivano praticati all'epoca, insieme alla quotidiana assunzione di aglio crudo e ad una certa dieta alimentare. Prima di cena mia nonna si sistemò sul letto a pancia in giù, e sulla spalla, lasciata scoperta, le furono applicate quelle sei sanguisughe che si attaccarono subito alla pelle con le loro potenti ventose, cominciando a succhiare sangue come minuscoli voraci vampiri! Io le gironzolavo attorno al letto, da bambino curioso, considerando quello strano evento come fosse un simpatico gioco. Vedevo quegli agili e sinuosi animaletti gonfiarsi sempre di più e sentivo mia nonna lamentarsi ogni tanto, indicando il punto in cui si sentiva maggiormente punzecchiare. Dopo circa una mezz'ora, credo, tre di loro – ormai satolle di sangue – si staccarono da sole dalla schiena della nonna e mia madre le prese una per volta, arrotolandole nella cenere posta in una bacinella, per fare loro espellere un po' di quel sangue. Era una scena piuttosto rivoltante, ma per me, che sbirciavo di tanto in tanto, era come fosse un giocoso diversivo. La mamma dovette a un certo punto assentarsi per spiare la pentola sul fuoco e quando tornò la vidi improvvisamente allarmata e preoccupata. Delle tre sanguisughe ancora rimaste appiccicate su quella povera spalla, se ne intravedeva solo una; mancavano stranamente all'appello le altre due. Dov'erano andate a finire quelle vigliacche? Mia nonna non si era mossa da lì e io ero tutto intento, nel frattempo, a giocare col gatto, inseguendolo intorno al letto e per tutta la stanza. Gira di qua, gira di là, le sanguisughe non comparivano. Avevamo spiato sopra e sotto il cuscino, sulle lenzuola, sotto il letto... niente! Ci accingemmo comunque a cenare, insieme anche a mia nonna, che nel frattempo si era rivestita. Mentre eravamo seduti a tavola, intenti a mangiare, io come al solito lanciavo di nascosto ogni tanto, senza farmene accorgere, dei pezzettini di cibo al gatto che però quella sera sembrava non gradire o forse, pensai, non aveva molto appetito. Anzi si girava e rigirava come infastidito; forse non gli piaceva più il salame? Provai allora a lanciargli un pezzettino di formaggio e niente, non gradiva stranamente neanche quello. Anzi fece un balzo e miagolando se ne andò nell'angolo più lontano. Emetteva però ogni tanto degli strani miagolii, che non aveva mai fatto e che non erano da lui. Mia madre, come al solito insofferente quando il gatto dava fastidio, si alzò decisa per prenderlo e cacciarlo fuori in giardino. Ad un tratto si fermò raccapricciata: "Cico", povero gatto, aveva spalla e fianco insanguinati. Ci avvicinammo tutti e scoprimmo l'arcano. Quelle due fetenti sanguisughe – forse non ancora sazie – non si sa come, si erano staccate, erano cadute a terra e avevano pensato avidamente di continuare la loro cena a spese del gatto. Può essere pure che gradivano di più il sangue di quella povera bestiola, rispetto a quello della nonna, intriso di colesterolo... donde il loro crudele e vorace attacco. Solo che Cico non aveva l'ipertensione!...

Quella fu in assoluto la prima e unica volta in vita sua, che mio padre, mosso a compassione di quel povero animaletto, per fargli recuperare un po' del sangue che aveva perso inopinatamente quella sera – sentendosi forse in colpa – prese un'intera fettina di carne di vitello cotta alla brace, e gliela offrì con commovente tenerezza.

FACCIAMO L'APPELLO

–Cipriani Luigi!

–Presente!

–Ma tu non sei Cipriani!

–Lo so, ma Luigi ieri mi ha avvisato che oggi sarebbe comunque stato presente, con lo spirito, ma presente.

–E questo che c'entra. Fatto sta che lui non c'è e il tuo è un discorso assurdo.

–Si può stare lontani, ma presenti con lo spirito, secondo me, prof.

–Questo è proprio un ragionamento senza capo nè coda. Penso che tu stia diventando ottuso come lui, invece!

–Ma lui non lo è affatto, o perlomeno non lo è più. Proprio ieri l'ho visto svoltare l'angolo di casa e, nonostante l'ottusaggine sua e anche dell'angolo, lo ha fatto acutamente, evitando di investire un pedone che passava distrattamente da lì. È diventato molto acuto adesso, glielo posso garantire.

–Odio le garanzie. Sono fatte apposta per prendere in giro la gente. Garante di cosa?

–La garanzia la do io, per sei mesi... sicuramente fino alla fine dell'anno scolastico. Se poi lei garantisce la promozione, sono disposto a prolungarla per altri due anni. Quindi la garanzia ci dev'essere anche da parte sua.

–Non mi sembra, Cipriani, che qui stiamo in un negozio di elettrodomestici. Sebbene anche lì non è il venditore a fornire la garanzia, ma è solo l'elettrodomestico.

–Quindi professoressa, io sarei considerato da lei alla stregua di un freddo elettrodomestico. E quale precisamente: un frigo, un aspirapolvere, un robot per la cucina, una lavatrice, o forse una tv?

–Abbiamo già parlato in passato di tv e vi ho pure detto che io la guardo poco, e unicamente quando è spenta!

–Lo fa per risparmiare, lo so. Eppure quelle odierne, a led, non consumano molto.

–Guarda, te lo dico in confidenza, come pure l'altro giorno l'ho detto tra me e me, quindi in uno spazio molto ridotto: la televisione riversa in casa tanta di quella spazzatura, facendo una tale quantità di schizzi, che alcuni vanno a finire pure nel cervello, contaminandolo. E io non ho voglia di diventare schizofrenica o quanto meno cervellotica, nè di essere contaminata. Ho fatto già una conta delle mine che ho trovato disseminate sul mio cammino, e mi bastano quelle.

–Lo so, la capisco. Pure mia madre aveva tante Mine, una quindicina forse, che si sparava ogni giorno nelle orecchie, e ora non le ascolta più.

–E perchè, come mai?

–Un po' perchè si è rotto il *pick-up* del giradischi, e un po' perchè si è rotto anche mio padre. Non ce la faceva più a sopportare tutta quell'esplosione di note.

–Ho capito che mi hai teso un tranello con i tuoi giochi di parole.

–Ma io non ho fatto nessun gioco di parole, anzi sono le parole che quasi sempre mi circuiscono e si prendono gioco di me!

–Va bene, procediamo ora, è già tardi: Di Leo Giovanni!

–Eccomiii... arrivooo!

–Ci risiamo Di Leo, al solito sei in ritardo!

–Ma io non arrivo in ritardo, io creo suspense!

–Ok, è meglio che mantenga la calma!... Andiamo avanti con l'appello. Mangiafico Roberto!

–Presente!

–Ah, finalmente sei tornato! Hai portato la giustifica per i giorni di assenza fatti?

–Veramente il coronavirus che mi sono beccato non lo giustifica nessuno. Il mio medico appena l'ha saputo mi ha chiuso il telefono in faccia e si è messo in vigile attesa, vietandomi categoricamente di andare a trovarlo nel suo ambulatorio. Quasi tutti i virologi sono andati nei salotti televisivi a dare i numeri e a consigliare...

–Che numeri?

–Boh, non lo so. Invece di dare i farmaci, distribuivano numeri.

–Erano mutuabili questi numeri, Mangiafico?

–Per fortuna erano gratis, ma loro invece erano pagati.

–Credo che abbiano frequentato assiduamente quei salotti unicamente per fare soldi e per manipolarci.

–Non credo, prof, altrimenti ne avrebbero parlato al telegiornale!

–Va bene, finiamola qui, che è meglio. Ti passo la battuta perchè hai un cognome dolce e ipercalorico. Dovresti cambiarlo però, per non andare incontro troppo presto al diabete. Piuttosto ora come ti senti?

–Da asintomatico, non ho avuto grossi disturbi. L'unica cosa negativa è che per venire a scuola oggi ho fatto sei chilometri.

–Ma se abiti qui vicino!

–Tre li ho fatti perchè uscendo da casa avevo dimenticato la mascherina.

–Stai più attento la prossima volta quando esci!

–Ho anche dormito poco, perchè stanotte sono entrati i ladri in casa. Hanno lasciato la finestra aperta e io ho starnutito forte. Mi hanno minacciato dicendo che mi avrebbero denunciato per eccesso di legittima difesa.

–Ah Ah, Mangiafico, sei proprio un buon tampone!

–Tempone, professoressa... tempone!

–Ah, sì, scusami il lapsus. Sono gli effetti indesiderati di questo nostro tempo... Che poi questi tamponi dicono pure che non siano tanto affidabili. Come si farà adesso a riconoscere il covid dalla normale influenza, se nemmeno sappiamo riconoscere la cipolla dallo scalogno? Procediamo: Linetti Sara!

–Presente!... Professoressa, anch'io non ho tanto dormito stanotte.

–Sentiamo... perchè?

–Nel bel mezzo del sonno, sono entrati i ladri in casa in cerca di soldi. Così ci siamo alzati tutti e abbiamo cercato insieme a loro...

–Sembra che ci sia stata una pandemia di insonnia la notte scorsa. C'è nessun altro? Così, giusto per sapere!

–Io, prof! Sono Doveri Antonio.

–Pure tu. Dov'eri? Che ti è successo?

–Ogni sera io conto le pecore per addormentarmi. Ieri l'ho dovuto fare innumerevoli volte durante la notte. Ne mancava sempre una!

–Va bene ragazzi, ho capito. Oggi vi lascerò stare, non interrogherò nessuno; capisco bene che dormire è una cosa davvero seria. L'insonnia non e' qualcosa su cui puoi dormirci sopra.

Vi proporrò alcunchè di leggero, una poesia facile di un poeta russo del Donbass, ma emergente, con cui ripasseremo anche un po' la coniugazione dei verbi. Si intitola: "Scavo".

Io scavo,

tu scavi,

egli scava,

noi scaviamo,

voi scavate,

essi scavano.

Non sarà proprio una bella poesia... ma come avete notato, è molto profonda.

Comunque, visto che stamattina siete tutti abbastanza mosci, per risollevarvi un po' vi voglio declamare una massima che diceva il mio caro nonno, quando mi sentivo un po' giù:

"*Se sei triste sorridi, la morte è peggio;*

se sei arrabbiato sorridi, la morte è peggio;

se sei morto sorridi lo stesso: il peggio è passato".

–Ma professoressa, così ci intristisce ancora di più!

–Ma no, assolutamente! Dovreste imparare ad esser capaci di contenere queste vostre ataviche paure. Capaci... nel senso quindi del contenere. Di che cosa è capace una vasca, un secchio, un qualunque recipiente? Non certo di saper fare certe cose che a voi riescono naturalmente, ma a contenere invece tutto ciò che è nelle loro possibilità. Sappiate perciò esser capaci a percorrere bene la vostra via, mettendoci tutte le buone intenzioni, cioè le energie necessarie. Asfaltate pure le vostre paure e camminate tranquilli nel vostro percorso, fino a raggiungere la grande meta finale: la meta-morfosi e la meta-fisica.

–Che belle parole prof! Ci fai molto riflettere...

–Sono qui per questo, per farvi pensare. Ho abbandonato il mio vecchio lavoro proprio per stare qui accanto a voi.

–Che faceva prima?

–Ero collaudatrice di minuti. Lavoravo molto. In un'ora riuscivo a collaudarne anche sessanta, certe volte. Poi ho dovuto smettere perchè il titolare dove lavoravo mi ha accusata di essere una ladra e mi ha minacciata di botto, dicendo: «Fuori i secondi!». Io giuro, non c'entravo niente con i secondi mancanti. Ho passato anche una notte in prigione, ed è proprio lì che ho individuato e riconosciuto il ladro: era stato proprio lui, quel secondino!

–Sarà stata dura per lei un'esperienza del genere!

–Sì. Meno male che Enza, una mia amica, mi è stata vicina e mi ha consigliata di starmene in silenzio. Per fortuna la cosa è passata proprio sotto silenzio, e mentre gli altri parlavano e sparlavano, io invece il silenzio lo rispettavo e lo facevo riposare, riposare, riposare...

–E com'è finita?

–È finita... che sta suonando proprio in questo momento la campanella, non la sentite?... e vi devo lasciare. Vado a collaudare i minuti di un'altra classe. La "realtà" è questa, e non dovete confonderla con "lealtà", come dicono i cinesi. Loro, nel pronunciarla, la mettono su di un piano etico, ma questo ragionamento non può essere condivisibile. Per me le cose reali restano reali, mentre quelle leali saranno unicamente Leali... e tu Fausto, dovresti saperlo.

–Secondo me, professoressa, quello di cui parla non è "lealtà", ma in "realtà"... è solo semplice fantasia.

–Ma quale fantasia! Non c'è più traccia di fantasia, non se ne vede proprio in giro, e i danni che fa questa mancanza di fantasia li subisco io, li subite voi, li subiscono tutti. Comunque il problema è assai più complicato di quello che sembra, o forse è meglio dire complesso...che suona pure meglio.

Ciao ragazzi, a domani!

UN MEDICO PAZIENTE

–Permesso, dott. Fersini?

–Avanti, prego!

–Ma lei non è il dott. Fersini!

–Sono la sostituta, dottoressa Bellanca. Mi dica.

–Pensavo di trovare il dottore.

–Beh, che c'è? Sono la sostituta: per caso non si fida di me? Sono al mio primo giorno di lavoro, ma guardi che ho già fatto tanta esperienza in ospedale.

–No, no, non è per questo; è che io mi aspettavo di trovare il dott. Fersini. Non è che non mi fido di lei.

–Non è vero, sa! Ho notato la faccia che ha fatto quando mi ha vista, entrando. Ho letto il suo sguardo negativo e preoccupato. Siete tutti uguali voi uomini!

–Ma veramente...

–Comunque bando alle ciance, cosa accusa?

–È lei che accusa!

–Io accuso? Ma per carità!

–Appena ho messo il naso in ambulatorio, lei mi ha accusato di non fidarmi.

–Venite tutti dal medico, dicendo spaventati: «Sto male, sto male», e invece non solo non avete niente, ma se trovate una donna medico vi infastidite pure e vi irritate!

–Non è certo il mio caso.

–Volete solo essere rassicurati e consolati, come da bambini. State attaccati sempre al telefonino a cercare risposte su *Google*, poi allarmati venite in ambulatorio a chiedere conforto e a voler competere con noi, dall'alto della vostra sapienza acquisita navigando in rete.

–Ma io non ho ancora detto niente.

–Non sia bugiardo; l'ho letto sulla sua faccia.

–Ma la mia faccia non ha niente. È la mia prostata che mi preoccupa, invece!

–Ecco, vede? Ha un problema che io dottoressa non saprei affrontare, secondo lei, ed è pure imbarazzato, e scommetto che sotto sotto ha pure invidia perchè noi donne non soffriremo mai di certe cose! Ma ne abbiamo altre, non si preoccupi!

–Beh, in effetti è così, ma io non sono invidioso; penso solo che...

–Basta, mi sono già scocciata a parlare con degli uomini come lei. Per voi il matrimonio è come mangiare verdure: sapete benissimo che è necessario farlo, ma non ne avete proprio voglia perché... beh, un hamburger bello grasso e unto, con maionese, *ketchup* e patatine fritte, dà molta più soddisfazione. Poi quando alterate i processi fisiologici di quella vostra piccola ghiandolina, andate in panico e ve la fate sotto.

–Dottoressa Bellanca... il problema è che io certe volte non riesco proprio a farla!

–Stia zitto, per favore! Io non mi faccio certo intimorire da uno come lei. Questo posto me lo sono guadagnato. Conosco tutto il "Giuramento di Ippocrate", in greco e anche in latino. Ho visto tutte le puntate di "Un medico in famiglia", "Dr.House", "CSI", "Grey's Anatomy" e pure "Nonno Libero". La medicina è la mia vita!

–Sarà pure tutta la sua vita, dottoressa, ma adesso sta deprimendo e mortificando la mia! Lasci stare il "Giurassico" e il "Curassico" da cui proviene. Noi uomini, al contrario, siamo semplici. Non ci vuole davvero molto per renderci felici. Sono tre le cose di cui ogni uomo ha bisogno: sostegno, fedeltà e "il biscottino premio".

–Ma davvero, ma guarda un po'. Anche il biscottino, adesso! Io ve lo farei ingurgitare secco quel biscottino, anzi lo sbriciolerei e lo darei agli uccelli... quelli veri!

–Mi permetta di dirle che voi donne siete creature meravigliose ma piuttosto complicate; avete un sacco di bisogni. Io dico sempre che per ogni donna ci vorrebbero quattro uomini: uno vecchio, uno brutto, uno *macho* e uno *gay*. Quello vecchio per le coccole e i regali, quello brutto che si accolla tutte le incombenze – grato solo che uno splendore di donna come voi, lo degni di attenzione – il *macho*, beh... va da sé a cosa serve, e quello *gay* per lo shopping e per spettegolare sui regali del vecchio e sulle performance del mandingo.

–Mi verrebbe di censurare questa sua sfrontatezza depennandola dall'elenco assistiti di questo studio medico, ma io sono purtroppo soltanto la sostituta... farò un semplice rapporto negativo sulla sua persona, al dott. Fersini. Adesso mi dica cosa voleva altro dal dottore.

–Ero venuto per fargli vedere le analisi fatte. Eccole!

–Glicemia: alta; colesterolo: alto; trigliceridi: non ne parliamo; transaminasi: alte; PSA: *border line*. Ma lei, caro signore, conduce una vita disordinata e sregolata, dimostrando mancanza di senso di responsabilità e del dovere. Si vergogni!

–Ma come...

–"*Quivi trovando ella, per lo lungo tempo, ogni cosa guasta e scapestrata, sì come savia donna, con gran diligenza e sollecitudine ogni cosa rimise in ordine*". Tocca sempre a noi donne metterci una pezza e risolvere i guai della vostra sregolatezza e del vostro gozzovigliare! Si legga un po' *Boccaccio* piuttosto, così accrescerà la sua cultura, invece di far accrescere i trigliceridi!

–Ecco, benissimo, metta pure una pezza sul *Boccaccio* e risolva i miei guai, per favore!

–Ma quali guai d'Egitto! E allora io cosa dovrei dire? Lei tutto sommato non è poi così malconcio; sono io che sto male, eppure son qua a fare il mio lavoro... non come lei che è venuto a farmi perdere tempo prezioso. Vada avanti, si sbrighi...

–Dottoressa ho frequenti attacchi d'ansia con tachicardia parossistica quando vedo un vigile che sta facendo la multa alla mia auto. Allora mi metto a correre per raggiungerlo, ma non ci riesco e vado in panico. Preso da questo stato ansioso, mi blocco irrigidendomi, mi gira la testa e la notte poi non riesco a dormire. A quel punto mia moglie, per farmi calmare, sintonizza la tv su "Tg3 Linea Notte"... e niente; prova allora con la replica notturna de "L'aria che tira"... e comincio a sudare tutto, e mi vengono pure gli incubi! Poi passa a Marzullo, credendo di rasserenarmi, e lì raggiuniamo l'apoteosi...!

–Bastaaaa! Ma che ne sa lei quali sono i veri problemi e cos'è il dolore!

–Ma perchè dottoressa, soffre anche lei di ansia e tachicardia?

–No!... io ho il colon, anzi tutto l'intestino, irritabile. Quando scorro *Facebook* e vedo le foto delle mie amiche, perennemente allegre e sorridenti, snelle come acciughe, dentro la mia pancia è tutto un contorcersi di budella, come combattessero una strana guerra, e a quel punto cominciano gli spasmi di dolore.

–Prego, continui pure.

–Spesso, verso mezzanotte, mi faccio allora una bella carbonara: che problema c'è? Anzi non ho nessun problema a prepararmela, però le mie amiche mi fanno venire i sensi di colpa, e purtroppo ricominciano le fitte, l'angoscia e l'afflizione. Vado allora nel frigo e mi scofano la vaschetta di gelato alla panna, tentando di addolcire le mie pene. Strano: i dolori non accennano a diminuire, anzi col passare delle ore aumentano. Però io penso che non sia colpa nè della carbonara nè del gelato, ma della mia innata ipersensibilità. È senza dubbio questo il mio vero problema.

–E certo doc.! Dev'essere proprio unicamente questione di sensibilità!

–Non si permetta di fare ironia, perchè io mi sto aprendo con lei, invece.

–Ma no, sono assolutamente d'accordo!

–E che cosa dovrei fare allora secondo lei, cosa mi consiglia?

–Guardi, dia retta a me. Le consiglio di prendere del "*Coliterinol forte*", due compresse al dì ai pasti principali, naturalmente a stomaco pieno, e poi, al posto della carbonara, prima di andare a letto, prenda una bella tisana "*Tranquillamentis*".

–Ok, signor...?

–Fortebraccio... signor Fortebraccio, dottoressa Bellanca.

–Grazie signor Fortebraccio, gentilissimo. Quanto le devo?

–Per lei solo 150 €.

CONSIGLI PER GLI ACQUISTI

Questo racconto vi è offerto da: IPERPHONE, nuovo cellulare super compatto, schermo Zled ripiegabile e avvolgibile che non fa una piega, facilissimo da rispiegare ed eventualmente da stirare. Lo può usare il nonno, il papà, la mamma, il bambino... tutti in casa. Ci sono due tasti di accensione e spegnimento, il tasto per riscaldarsi, quello per fare freddo, il tasto per radersi, triplo obiettivo per fotocamera: davanti, di dietro e di profilo. Alloggiamento per tre schede telefoniche, di cui due da usare in incognito, al riparo da inchieste coniugali. Lo potete avere al costo di soli tre caffè al giorno, presi però ai pasti principali, per un totale di 1.450 caffè. Si escludono dal conteggio i decaffeinati.

Mi devo sbrigare a scrivere questo racconto, non ho molto tempo. Ho i minuti contati e vado di fretta, il tempo purtroppo passa inesorabile e non si può fermare, neanche rallentare un po'. Il tempo fugge: «*Tempus fugit*»... come dicevano gli antichi latini. Soltanto ieri –non ci crederete – io ero un ragazzo, alto, bello, biondo... sì, completamente biondo, occhi azzurri, tendenti al verde, addominali da far paura, sparsi simmetricamente lungo l'addome, non avevo grilli per la testa ma solo un po' di forfora al cambio di stagione, e tante belle speranze. La speranza era sempre l'ultima a morire, mi dicevo, mentre oggi sento dire che il morire è l'ultima speranza. A quell'età, quando vedevo un sessantenne, dicevo: «guarda lì quel vecchio, come minimo ha sessant'anni, ha già un piede nella fossa!». Oggi, che sto da quest'altra parte della barricata, guardando uno di buon aspetto, anche se con qualche ruga e con i capelli bianchi, dico: «guarda quello là com'è giovanile, avrà sì e no sessant'anni!».

Nella nostra quotidianità siamo sempre troppo presi dai problemi e dalle faccende concrete che la vita ci pone. È diventato tutto sempre più difficile e pesante. Siamo soffocati da tasse e balzelli. Poco ci manca che ci facciano pagare pure l'aria che respiriamo, o forse la paghiamo già. La spazzatura, per esempio: ci mandano ogni anno la bolletta della *TARI* che si somma a tutti gli altri numerosi pagamenti. Se tu – esercente – mi dai l'elettricità, il gas, eccetera: io te li pago. Perchè poi, se io ti do l'immondizia, tu, Comune, non me la devi pagare? Stabiliamo una tariffa, minima, che sia giusta, ma me la devi pagare. Invece no, sono io che devo pagare te... e non mi sembra affatto una cosa giusta e corretta! La cosa assurda poi, è che non me la fai pagare un tanto al chilo, com'è giusto che sia... ma a metro quadro. Più grande è la casa, più pago. Non fa niente se a casa mia siamo solo in due e sopra di me, con gli stessi metri quadri, abitano in dieci, come conigli. Anzi sono in diciassette, per essere più precisi, compresi quattro cani, due gatti e un canarino.

L'altra sera avevo fatto una festa con gli amici. Rimanenze di cibo, tovaglioli, bottiglie, piatti e bicchieri di plastica; ho messo tutto in un grande sacco e il giorno dopo sono andato a buttarlo nel cassonetto della spazzatura. C'era lì un operaio che si è presentato. «Chi è lei?» gli ho chiesto.

«Sono un addetto del comune». «Un addetto, hai detto?». «Così, ho detto». «Beh, io non ho detto niente, e mo che facciamo?». «La devo pesare, per farle pagare il giusto». L'ha pesata e poi mi ha detto: «Sono ventiquattro chili, facciamo pure venti: sono cento euro». «Ma com'è possibile? Se avessi saputo, all'altro cassonetto facevano pagare di meno!». Tre giorni dopo sono andato con una bustina piccola piccola: mezzo chilo. «Come mai così poco?» mi ha detto l'addetto. «Questo è tutto!». «E gli amici?» mi ha detto. «Ma quali amici, niente più amici!» ho detto all'addetto.

Insomma non se ne può più. L'altro giorno per giunta ho visto arrivare il postino con un *bouquet* di multe da pagare. C'era anche la mia, una multa per eccesso di velocità su una strada provinciale, con l'infrazione avvenuta tre anni prima. La mia auto aveva superato il limite imposto per 23 chilometri orari. Ma come faccio a sapere se ero io a quell'ora, in quel giorno e su quella strada a guidare l'auto: io non mi ricordo che ho fatto ieri, figuriamoci tre anni fa! E via cinque punti dalla patente. A questo punto dei punti non me ne frega niente, ma dei soldi sì. Ti mettono l'autovelox dietro un cespuglio fiorito di ginestre, che tu avvicinandoti le guardi e prendi spunto per comprare un mazzo di fiori a tua moglie, e acceleri per arrivare dal fioraio prima della chiusura del suo negozio... e loro via con la foto!. Che poi la foto neanche te la danno; devi essere tu a chiederla e a pagare altro denaro. Sono andato a chiederla, ho pagato e mi hanno dato una foto mossa, dicendomi che l'effetto mosso sulla foto è un'aggravante per la velocità. Perfetto, ho detto, vado dal

Prefetto! Il Prefetto non ha voluto sentir ragioni e sono corso dal Giudice di Pace, che in quel momento stava più agguerrito che mai. Allora ho minacciato anch'io la guerra, dissotterrando l'ascia come gli indiani pellerossa, e ho dichiarato ufficialmente guerra al Giudice di Pace che se ne stava in pace al telefono a discutere con la moglie. La discussione con la coniuge è salita di tono e ha minacciato di chiederle il divorzio tramite il suo legale. Gli ho chiesto se il suo avvocato si occupava anche di infrazioni al codice della strada e mi ha risposto di sì, con la cresta abbassata per via del litigio coniugale e l'occhio da pesce lesso – alla Gasparri, per intenderci. Lo abbiamo contattato entrambi, sperando in uno sconto comitiva. Il legale mi ha detto che ci sono buone possibilità che io vinca ai punti – almeno per la sottrazione dei medesimi – perchè sommando la sottrazione dei punti alla sottrazione dell'importo della multa, è la somma che fa il totale, ed è alquanto alta. «Abbiamo in pugno il giudice!» mi ha detto. «Se non si piega, possiamo aizzargli sempre contro la moglie, facendo un classico doppio gioco». Non so però se tutto questo mi convenga; mi sembra di essermi infilato in un *cul-de-sac* con quell'azzeccacarburgli. Preferirei una strada aperta invece di un vicolo cieco, magari con l'autovelox o, in subordine, col photored... ma aperta e non cieca! Che poi pure la strada aperta è pericolosa. Tempo fa, con l'auto, sono capitato improvvisamente in mezzo a un gregge di pecore. Il pastore mi ha detto che si recavano a un presepe vivente, per la rappresentazione natalizia. L'ho letto poi sul giornale locale. Il presepe era ancora in fase di costruzione e stavano preparando la capanna, che in questi ultimi anni è diventata molto particolare e macchinosa e non è più come una volta. È costruita secondo la normativa attuale, antisismica, a risparmio energetico, col cappotto, con pompa di calore, e col Superbonus 110%. Il bue, con le attuali disposizioni, calcolando le calorie da lui emanate e dissipate, è stato declassato da A+++ a C++ e quindi si sta cercando un altro animale più a norma. Si dovrebbe sostituire pure l'asino che, essendo davvero un somaro, non ha ancora capito l'importanza di mettersi a norma! Tutti, dai Re Magi ai pastori e ai popolani, devono mettersi la mascherina *FFP2*. Per la Madonna e San Giuseppe non c'è bisogno, essendo consustanziali al Padre e al Figlio. Dato poi il carattere particolare della manifestazione, ognuno deve avere anche il *Greenpass*, ad esclusione delle pecorelle. Loro, è risaputo, hanno già *l'immunità di gregge*. Tutto intorno alla grotta è previsto, obbligatoriamente, un grande pannello di *plexiglass* e le offerte devono essere fatte tassativamente col *POS*, la cui cifra è tassata dalla banca, e al Bambinello arriva già al netto delle ritenute di questa. È stata proposta come banca, naturalmente, *Intesa San Paolo*, anche se non c'è stata per la verità molta intesa, perchè qualcuno ha giustamente rilevato che all'epoca dei fatti, San Paolo – che ha dato il nome alla banca – era acerrimo nemico dei cristiani. Si è pensato allora di rivolgersi direttamente allo *IOR*, ma per quest'anno non si fa in tempo, la trattativa è piuttosto complessa. In deroga a quanto stabilito, si possono eccezionalmente fare offerte in moneta contante, ma si è detto di contarle veramente e con precisione, in quanto non si può superare l'importo di 999 euro.

Sono piovute molte critiche per la costruzione di questo presepe. Alcuni si sono opposti e ci sono state discussioni a non finire. Si è arrivati alla vigilia del Natale e il prete è preoccupato: «Insomma» – dice – «lo vogliamo far nascere Gesù Bambino o no?».

–Facciamolo nascere all'uscita del paese, dicono alcuni; altri propongono in piazza; no lì non c'è parcheggio! Altri ancora nelle cave a ridosso della strada comunale; lì sì che si parcheggia! Sarà indubbiamente una nascita molto travagliata per il Figlio dell'uomo! La levatrice del paese si è offerta volontaria per assistere la figurante – nelle vesti della Madonna – che è davvero incinta ma per virtù concreta del compagno, il quale si è codardamente defilato e non ha voluto interpretare San Giuseppe, dichiarandosi estraneo ai fatti. Un piccolo inghippo, insomma.

Ma ora basta con questi discorsi, devo ancora scrivere il racconto, anche se prima voglio inoltrare un reclamo e un reso ad *Amazon*, perchè ho acquistato una tastiera musicale in offerta, e per errore me ne hanno spedita una con i soli tasti bianchi, per principianti che usano unicamente la scala di *Do maggiore*. Io l'avrei preferita eventualmente solo con i tasti neri, che sono di meno, ed è più semplice da suonare, almeno inizialmente. In considerazione di ciò, consiglio di non usare *Amazon*, ma di comprare l'*Iperphone* – sponsor di questo breve scritto – direttamente al negozio all'angolo sotto casa vostra, prima che chiuda per sempre... Anzi, sapete che vi dico?...

Non comprate assolutamente nulla e tenetevi il vostro vecchio e affidabile cellulare. Cambiamo paradigma: L'economia lasciamola far girare ai grassi e grossi frequentatori delle *Isole Cayman* e affini!

IN AEREO

1° passeggero –Che c'è? Ha paura dell'aereo?

2° passeggero –Beh, è la prima volta che ne prendo uno e devo confessarle che sì, ho proprio tanta paura.

1° passeggero –Ma che paura e paura! Perchè deve essere così spaventato? Guardi che l'aereo è oggi il mezzo più sicuro per viaggiare! Lo dicono anche le statistiche... siamo nel 2023, caro amico!

2° passeggero –Ma lei le conosce queste statistiche? Le ha mai controllate?

1° passeggero –No... però so che ci sono. Dia retta a me e stia pure tranquillo!

2° passeggero –Insomma... è più facile a dirsi!

1°passeggero

–Guardi che viaggiare in macchina, e persino in treno, è molto più pericoloso. Non c'è da aver paura, la tecnologia odierna è assolutamente sicura.

2° passeggero –Lei è un po' troppo ottimista, però. Un tale diceva che con l'ottimismo l'uomo ha inventato l'aereo, mentre col pessimismo qualcuno ha inventato il paracadute!... Io andrei cauto.

1° passeggero –Ma no, dia retta a me!... e poi abbiamo dei piloti preparatissimi, impavidi, incollati ai comandi. E le hostess? Le ha viste queste belle ragazze, cortesi, carine, educate, pronte a soddisfare qualsiasi cosa chiedi loro...? Ah, signorina mi porta un bel caffè?

Hostess –Ma se lo faccia portare da sua sorella...!

1° passeggero –Come da mia sorella!... dov'è finita la vostra proverbiale cortesia?... e poi io non ho neanche sorelle!

2° passeggero –Ha visto? Faccio bene io ad essere un po' pessimista.

Pilota –Maria! Vieni qua, sciagurata! Dimmi chi era quell'uomo o ti prendo a schiaffi qui, davanti a tutti!

1° passeggero –Ma... ma... scusi, ma lei non è il pilota?

Pilota –Sì, in persona, e allora?

1° passeggero –Cosa ci fa qui, non dovrebbe stare nella cabina di pilotaggio?

Pilota –Lei non si preoccupi, ho già inserito il pilota automatico.

1° passeggero –Ma io non ho nessuna voglia di morire automaticamente, però! E credo che neanche il signore qui a fianco a me lo desideri... anzi, vede, è già morto! La prego, ritorni in cabina.

Pilota –Io non mi muovo da qui se prima la mia ragazza non mi svela il nome di quell'uomo che faceva il cascamorto con lei!... Maria...!

1° passeggero –Maria, su, da brava, gli dica il nome, sia gentile.

Pilota –Lo so che è un mio collega, dimmi la verità. Io non mi muovo da qui, a costo di far schiantare e fracassare l'aereo!

1° passeggero –Ueh ueh, non facciamo scherzi!... Maria glielo dica chi è quest'uomo, non faccia così! Su, parli!

Maria –Ma che devo dire, non devo proprio parlare, non ho niente da dirgli. Se lui non ha un minimo di fiducia verso di me, allora il nostro amore è proprio finito: è morto.

1° passeggero –Va bene, il vostro amore sarà pure morto, ma cerchiamo di sopravvivere almeno noi, però!

–*Torre di controllo chiama F5... Torre di controllo chiama F5... rispondete prego.*

1° passeggero –Vada a rispondere, per favore, la stanno chiamando. È lei il pilota, vogliono parlarle.

Pilota –No, io non ho niente da dire. Non parlo più con nessuno!

– *Torre di controllo chiama F5... Torre di controllo chiama F5...*

1° passeggero –Possibile che non comunica nessuno qui? Risponda lei, per favore. Venga signorina Maria, vada a rispondere almeno lei.

Maria –Pronto, qui F5... ah, sei tu Luigi? Caro, come stai? Noi arriveremo tra un quarto d'ora. Ci vediamo finalmente... come dici?... senza di lui? Ok, va bene. A tra poco.

Pilota –Ma la sente... la sente? Si vuole vedere con questo Luigi e poi chissà con chi altro. Non è possibile andare avanti così! Io la faccio finita e mi sfracello contro la prima montagna che ci capita a tiro!

1° passeggero –Ma noi non abbiamo per niente voglia di morire! Perchè deve fare questo? Perchè si deve comportare così?

Maria –Avanti... avanti... buttati, fammi vedere se hai davvero tutto questo coraggio, così ci facciamo quattro risate!

1° passeggero –No, no, macchè quattro risate! Non ho per niente voglia di ridere, io! Stia attento e lasci perdere, pensi a pilotare bene l'aereo, invece!

Pilota –Io non lascio perdere un bel niente. Non mi va l'idea di essere un cornuto!

1° passeggero –Ma no, dai! Ma quale cornuto! La signorina si vede che è una persona a modo, civile, seria, educata, onorabile...

Pilota –E lei come lo sa?

1° passeggero –Sa com'è... viaggio molto... gli aerei sono piccoli... la gente mormora. Se fosse come dice lei, lo saprebbero tutti!

Pilota –No, io non ci credo affatto. A Milano Linate, sa quante me ne ha combinate? Ed anche a Malpensa, dove sembra essere più propensa, mentre a Fiumicino l'ho vista abbracciarsi con Valentino. Non parliamo di Orio che mi arrabbio sul Serio.

1° passeggero –Ma su, dai. In fondo non ha fatto mai nulla di eclatante. È stato solo l'atteggiamento di una ragazza che le vuole bene. lei la trascurava e Maria ha cercato di farla un po' ingelosire.

Pilota –Va bene, forse ha ragione. Maria, facciamo pace, su! Dammi un bacino.

Maria –Non ci penso nemmeno!

Pilota –Ecco, ha visto? Io adesso mi butto sulla montagna!

Maria –Ma quale montagna! Siamo già arrivati: quella è la pista.

1° passeggero –Stia attento all'atterraggio. Ecco... piano... tiri fuori il carrello... faccia piano!... Siamo arrivati?

Pilota –Sì, non vede?

1° passeggero –Siamo proprio sicuri? Non è che poi riparte improvvisamente?

Pilota –Ma no, ma che dice!

1° passeggero –Tiri comunque il freno a mano, non si sa mai.

Addio... cornuto!

LA SCOPERTA DEL VECCHIO MONDO

In tutta la penisola dello Yucatan, in Messico, *Kukulcán* era conosciuto per essere un grande scienziato ed esploratore. La gente si rivolgeva a lui per la soluzione dei problemi più disparati. Fu lui infatti a realizzare le prime modifiche genetiche alle pannocchie di mais, rendendolo gigante, e fu sempre lui ad inventare il *popcorn* che tutti lì chiamavano *palomitas zumpakanaka*.

Anche i peperoncini piccanti *Cayenna* e *Habanero* furono frutti di sue ricerche in campo agricolo. Non potè invece inventare la *'Nduja*, perchè a quelle latitudini il maiale, chiamato appunto *maya-le*, era considerato un animale sacro e quindi non poteva essere commestibile. C'era solo un breve periodo dell'anno in cui ciò era concesso, e in deroga ai comandamenti religiosi, si poteva trasgredire e gustarlo in santa pace. Era durante il carnevale, in cui si organizzava la sagra della *Mayalona,* molto sentita dal popolo, soprattutto di parte maschile. I calabresi, solo un po' più tardi approfittarono di questo vuoto culinario, creando – loro sì – la famosa *'Nduja*.

Da persona poliedrica, aveva a lungo studiato soprattutto la Geografia, in quanto di Storia a quei tempi ce n'era ancora molto poca. Non erano scoppiate infatti le grandi guerre, e di rivoluzioni non se n'era avuta traccia. Ogni popolazione se ne stava tranquilla nel suo territorio e anche i Maya non volevano avere in fondo nulla a che fare con i vicini Atzechi e neanche con gli Inca. I primi non ci atzeccavano niente con la loro mentalità e cultura e i secondi perchè erano una popolazione sempre troppo Incazzata e quindi intrattabile. Prediligeva dunque la Geografia e, aiutandosi con la Matematica (dimenticavo di dire che aveva inventato già la prima tabellina che, a differenza di Pitagora, lui faceva partire dallo zero, fino al dieci compreso) aveva studiato le poche carte nautiche esistenti a quei tempi. Unendovi poi anche alcune conoscenze astrografiche e cosmografiche, era arrivato alla determinazione che al di là del grande mare ci doveva essere un continente ancora a loro sconosciuto. Tra i vicini Atzechi e gli Inca c'era a quei tempi una grossa disputa su come fosse fatta la Terra: gli uni dicevano che fosse sferica, mentre gli altri sostenevano invece che fosse piatta – un po' come affermano ancora oggi taluni strani individui. Lui, ad ogni buon fine, sostenitore della Fisica Neutralistica e Quantistica – per quanto di *Quanti* non ne capiva poi tanto – quantomeno si chiamava fuori da questa disputa, e quantizzando il tutto, andava sostenendo la tesi della Terra Ovale.

Kukulcán chiamava il mondo, usando il termine *Xirhendzevutani*, che si può tranquillamente e facilmente tradurre con la parola *Rugby*. Lo *Xirhendzevutani*, che voi tutti certamente conoscete, era come un enorme terreno di gioco, avente due grandi porte: una a ovest (istmo di Panama) e l'altra a est (Stretto di Gibilterra). Lui, abitando in America, doveva fare i punti-gara portando il pallone ovale verso est: era quella la sua meta!

Detto fatto, convinto della bontà dei suoi studi, si recò un giorno dall' *Ajaw* (Re) a chiedere aiuti e finanziamenti per il viaggio che voleva assolutamente intraprendere. L'*Ajaw Chakpaakat* fu alquanto scettico circa le sue teorie, che considerava strampalate. Questi non era nè terrapiattista, nè sfericista, nè ovalista, ma semplicemente credeva ad una terra cilindrica, senza i due poli, ovvero con i poli piatti... quelli sì. E partendo proprio dai poli piatti, aveva "riformato" le altre teorie.

Vicino ai poli gocciolava tutto, e ciò – secondo lui – rendeva la navigazione assai difficile. Alla fine però accettò, raccomandandosi con Kukulcán di non avvicinarsi assolutamente a nessuno dei due poli, visto il pericoloso e continuo gocciolamento. Volle però, a garanzia, anche una fideiussione, e siccome non si riuscì a trovare una banca disponibile, dato che all'epoca fortunatamente non esistevano ancora (almeno in quei posti), si accontentò di un impegno scritto in cui, in caso d'insuccesso, il navigatore era obbligato a restituire mensilmente un quinto dello *nyiaj txiag* – leggasi stipendio. Il povero Kukulcán protestò un po', ben sapendo che il ciclo del calendario Maya, che chiamavano *Haab*, era di 18 mesi, composti da soli 20 giorni. Alla fine fu costretto ad accettare, sperando di trovare nel nuovo territorio un calendario a lui più confacente.

Gli fu concessa così una piccola imbarcazione a vela dove fece stipare una gran quantità di cibo raccolto ancora acerbo. Quasi tutte solanacee, naturalmente: pomodori, melanzane, peperoni di vari tipi – compresi quelli piccanti – mais, patate e tabacco, da barattare nella nuova terra.

Aveva pensato anche a un po' di canapa, ma temendo di incontrare un'eventuale ostilità verso quest'erba che cominciava ad essere considerata dappertutto un po' troppo stupefacente, desistette. Fece anche un bel carico di lastroni di granito su cui scrivere gli appunti di viaggio, e naturalmente del cibo per lui, consistente in carne di anatra e tacchino – cotte al naturale, senza glutammato e nitrati – oltre a semi di zucca, fagioli, arachidi, quinoa e cacao, da loro chiamato *Nutella rehegua*.

Così iniziò la traversata alla scoperta di un nuovo mondo. I primi giorni furono abbastanza tranquilli e la navigazione proseguiva spedita. Kukulcán scriveva incidendo le sue impressioni sui lastroni, sdraiato sul fondo della barca, accanto al timone. Poi però sopraggiunse improvvisa una tempesta, con dei marosi che sballottavano paurosamente l'imbarcazione fino a rischiare di farla addirittura rovesciare in acqua. Fortunatamente il mare, dopo poche ore, si acquietò e la navigazione continuò come di consueto. Giunti attorno al sessantesimo giorno però, un altro uragano, stavolta ancora più potente e terribile, colpì il navigatore con quel suo povero natante. Kukulcan ricordò allora le parole del saggio del villaggio: «Chi lascia la strada vecchia per la nuova, sa quel che lascia ma non sa quel che trova!» e si pentì amaramente dei suoi studi e dell'azzardo fatto per andare alla ricerca di un nuovo continente.

Le onde sballottavano spaventosamente la barca e lui, che soffriva anche il mal di mare, rimase tramortito, non sapendo più che fare. Cercò di alleggerire l'imbarcazione, buttando in acqua molti degli ortaggi e soprattutto quei pesanti lastroni di granito, su cui aveva annotato i particolari del viaggio. Per diminuire il peso del piccolo natante pensò di buttarsi in acqua pure lui, ma poi, riflettendo, considerò che la barca era molto più pesante della sua persona, e quindi era più conveniente fare affondare invece questa. Immense ondate rischiavano di inghiottire entrambi nell'immensità di quel profondo e oscuro oceano, quando sopraggiunse un'onda ancora più forte e più alta delle precedenti, che innalzò l'esploratore facendolo ripiombare violentemente in acqua. A quel punto non capì più niente e svenne, entrando in una percezione di buio assoluto. Si risvegliò in un letto, con accanto alcune persone che non conosceva, vestite con abiti strani e che parlottavano facendo uso di un linguaggio per lui inconsueto e stravagante. Gli ponevano domande che lui non capiva e due donne, in particolare, lo guardavano con curiosità. Capì allora di trovarsi nel nuovo continente da lui previsto e ora finalmente scoperto, e alcuni nativi autoctoni lo stavano curando, nutrendo e accudendo. Fu interrogato da uno di questi – lo capì dal tono della voce – ma non rispose, primo per non compromettersi, poi per non rilasciare dichiarazioni troppo imprudenti, e in ultimo perchè non ci capiva proprio niente in tutto quello che dicevano. Dopo qualche giorno però, essendo molto portato per le lingue, era già riuscito a imparare un po' di quello strano linguaggio. «*Alma de mi corazón!*» ripeteva caliente a una delle donne che premurosamente lo assistevano, suscitando il disappunto e la stizza dei genitori di questa.

Soggiornava in quella casa già da diverso tempo, quando, da buon Maya, si ricordò delle parole del solito vecchio saggio del suo villaggio, il quale diceva: «L'ospite è come il pesce, dopo tre giorni puzza!». Decise allora di parlare davanti a tutta la famigliola, avvisandoli che era venuto dal Vecchio Mondo per scoprire un nuovo continente... e dopo giorni e giorni di navigazione lo aveva finalmente trovato. Era proprio quello... il loro Paese!

Chiese dunque di poter parlare col Re del posto, in persona. Quelli si guardarono l'un l'altro sbigottiti, prendendolo sicuramente per matto, ma un po' intimoriti da quello sconosciuto, gli promisero che il giorno dopo gli avrebbero fatto personalmente conoscere il loro Re. L'indomani mattina s'affacciò in casa un omone con altri tre, tutti vestiti di bianco. Questi si avvicinò a Kukulcán e gli tastò la fronte, poi il polso, poi mettendosi alle sue spalle e poggiando l'orecchio, gli ordinò di dire "treinta y tres". *Makumi atatu ndi atatu!*, gli rispose il maya nella sua lingua, ma questi non capì e probabilmente sbagliò la valutazione, stilando una diagnosi errata. Il povero Kukulcán ebbe subito l'impressione che le cose si stavano mettendo male per lui e cominciò ad agitarsi, tentando di uscire fuori, ma gli uomini lo fermarono e qualcuno nella concitazione compose al telefono l'*811* per chiamare l'ambulanza. Questa ci mise più di un'ora ad arrivare, avendo fatto – giustamente – tutto il percorso in retromarcia!

Lo scienziato, nonchè esploratore, maya, rimase alquanto deluso da tutta questa storia. Strano paese era quello, dove tutti parlavano una lingua strampalata, non si poteva comunicare con nessuno – soprattutto con le donne – non avevano in dispensa neanche un po' di pomodori, peperoni, patatine fritte, popcorn, tavolette di cioccolato. La loro cucina, più che povera, era poverissima... e tanto altro ancora. No, lui se ne sarebbe andato via subito da questo continente, non lo sopportava per niente e l'avrebbe considerato senz'altro come "non scoperto". Basta! Fine della storia!

Ma come fare a ripartire e a raggiungere di nuovo la sua terra? E con quali mezzi?

La fortuna gli venne incontro. Il saggio del suo villaggio che gli si affacciava spesso alla memoria, soleva dire:

« *Dum fortuna favet, parit et taurus vitulum*». Questa frase non l'aveva mai capita nè il saggio, nè lui, e neanche io che l'ho riportata... però gli sembrava carina e adatta al contesto.

Fatto sta che il giorno dopo fu dimesso da quel *adwenemyare ayaresabea* – leggasi ospedale per matti – e si mise a girare subito in lungo e in largo nel paese, alla ricerca del re. Qualcuno gli fece capire che lì non esisteva nessun re, ma solo una regina. Non ci fece però molto caso, nè si meravigliò più di tanto; del resto era notorio che nella sua patria il sovrano era l'*Ape Maya*, anch'ella una regina!

Riuscì, insistendo molto, a farsi ricevere finalmente a corte. Vi entrò con atteggiamento pomposo e, dopo essersi inchinato davanti alla regina, le disse: «Maestà, dopo numerosi e faticosi studi da me portati avanti, sono arrivato alla convinzione che aldilà di quest'oceano esiste un immenso continente sconosciuto, che attende solo di essere scoperto ed esplorato».

«Eh, ma che dici, non è possibile, non ci credo affatto!» gli rispose la regina.

«Vi giuro che è proprio così, invece. Ne sono certo, anzi certissimo. Vi chiedo solo i mezzi per poterci arrivare, nient'altro».

La sovrana rimase un po' in silenzio, dubbiosa... e se questo presuntuoso dicesse una cosa vera? Valeva la pena forse dargli credito, e in caso positivo avrebbe fatto un figurone, facendo schiattare d'invidia i sovrani confinanti. In fondo lei che ci rimetteva? Sarebbe stato sempre il popolo a pagare.

«Dimmi un poco, cosa pretenderesti... di cosa avresti bisogno? Fammi una proposta concreta, ma che sia congrua!».

«Maestà, a me basterebbero solo tre delle sue caravelle... nient'altro» disse Kukulcán.

La regina allora rifletté un po', si girò a confabulare con il suo consigliere, poi si rivolse al ministro della Marina, poi al tesoriere di Corte, questi al Consigliere, il Ministro di nuovo alla regina, il Tesoriere al Ministro, il ministro nuovamente alla regina... *che al mercato mio padre comprò...!* Insomma sembrava tutta una "fiera dell'est" quella mattina alla corte della grande sovrana. Alla fine la regina esclamò:

«Va bene allora, dopo attenta valutazione, ho deciso, ti darò le tre caravelle che hai richiesto. Partirai tra tre giorni. Mi raccomando, sii fedele alla corona!».

Kukulcán non stava più nella pelle, avrebbe finalmente fatto ritorno al suo Vecchio Mondo... anzi Nuovo Mondo... no, per lui Vecchio Mondo, il Nuovo Mondo era questo... insomma non ci capiva più niente, tanta era la confusione dovuta all'eccitazione del momento. Non ne poteva proprio più di questo continente!

«Toglimi però una curiosità» gli gridò la regina, mentre lui si era già incamminato verso l'uscita del palazzo reale. «Qual'è il tuo nome? Non te l'ho chiesto!».

Kukulcán si bloccò improvvisamente; non aveva previsto una simile domanda. Riflettè un attimo e poi, ricordandosi delle voci che aveva raccolto in quei giorni in città, rivolto alla regina disse: «Kristoforo Kolombo, Maestà».

GIUSTIFICAZIONE

Era una vecchia scuola Media di periferia, situata nella parte più antica e centrale del paese. Il portone d'ingresso e le finestre poste ai suoi lati mostravano l'usura del tempo, con la vernice ormai scrostata e sbiadita sotto l'effetto dei raggi del sole. La sua vetustà però dava un non so che di fascino particolare all'edificio, da cui erano passate tutte le numerose generazioni di ragazzi del luogo. Raccoglieva gli adolescenti del paese e molti dei tre paesetti vicini, distanti pochi chilometri, che vi giungevano facendo quasi tutti uso del servizio di autobus delle autolinee regionali. Il professore Lucano – solo di nome, però – era uno degli insegnanti di Italiano, e vi si recava con la propria auto, così come gli altri suoi colleghi, provenienti in maggioranza dal vicino capoluogo. Non era in verità una comunità di studenti che si dedicavano con grande passione e abnegazione allo studio. Non lo era soprattutto la classe II B, dove insegnava il professor Lucano.

Per studiare bene è necessario prima di tutto eliminare le distrazioni: sappiamo bene che uno dei problemi più diffusi tra gli studenti è proprio la concentrazione che spesso oggi si perde a causa dello smartphone. Tra social network e notifiche, si rischia di perdere la concentrazione ogni due minuti! Anche l'organizzazione è tutto, e l'insegnante aveva provato a ideare tabelle di marcia, riassunti, e tanti artifizi, per indurli a studiare più velocemente e con più interesse.

Naturalmente in classe aveva vietato l'uso del cellulare, suscitando all'inizio le proteste di alcuni. C'era stato pure un ragazzo che aveva proposto di usare la "modalità aereo", ma il professore non c'era cascato. Qualche risultato positivo, dall'inizio dell'anno, lo aveva comunque pure ottenuto, ma aveva notato che in quella classe in particolare, i ragazzi oltre ad avere una certa allergia o intolleranza allo studio, si assentavano anche un po' troppo, e ciò non era dovuto all'andamento stagionale dei raffeddori o influenze varie. Aveva poi l'occhio abbastanza allenato per non accorgersi che la scrittura e soprattutto la firma dei genitori sul libretto delle assenze era palesemente, per così dire, artefatta. Del resto quando era ragazzino aveva anche lui, anche se raramente, imitato la firma del proprio genitore, carpendo la fiducia dell'insegnante. Sapeva bene come vanno queste cose, però adesso era diverso e ne andava di mezzo il suo prestigio. Il maggior numero di giustificazioni erano incentrate sul non aver potuto studiare e svolgere i compiti assegnati per quel giorno. Bastava poco per capire che la maggior parte delle firme erano solo imitazioni, a volte palesemente mal riuscite, ma spesso anche il tenore delle stesse era autenticamente falso e simpaticamente posticcio.

Neanche il tempo, quella mattina, di fare l'appello della prima ora... ed ecco la prima giustifica:

«Gentile prof. Lucano, chiedo di giustificare l'assenza di mio figlio Antonio G., del giorno 12-12-2022, poiché è rimasto bloccato al bagno tutta la mattina a causa di uno sconvolgente problema intestinale». E poi subito un'altra: «Gent.mo Professore, Mirco non è potuto venire ieri a scuola, causa malattia di terzo tipo. Firmato B.L.».

–Va bene, se avete finito possiamo passare alla lezione di oggi.

–Professore, le devo dare anche la mia giustifica.

–Ok, Chiara, dammi qua, vediamo.

«Gentile professor Lucano, la prego di voler giustificare mia figlia dal non aver studiato, perché non aveva capito niente della sua spiegazione. Firmato L.M.».

–Ah!... andiamo proprio bene! Cos'è che non hai capito Chiara? Chiarisci anche me!

–Non ho capito bene, tra le altre cose, soprattutto la differenza tra verbi transitivi e intransitivi...

–Ma come si fa ad essere giunti sin qui e non essere ancora capaci a distinguere tra un verbo transitivo ed uno intransitivo...? Ripeto per l'ennesima volta: il verbo transitivo indica un'azione che passa, ovvero transita, direttamente dal soggetto al complemento oggetto; i verbi intransitivi sono quelli che indicano un'azione che rimane sul soggetto oppure che passa indirettamente su un complemento indiretto. Esempio transitivo: *Chiara studia la Grammatica...*

–Ma veramente professore... le ho già detto che non ho potuto studiare!

–Ho capito... va bene, oggi non è proprio giornata! Ragazzi, facciamo una cosa: datemi tutte le giustificazioni, anche quelle dei giorni precedenti. Sarò buono e giuro che non punirò nessuno. Farò due mucchi: uno con quelle vere e l'altro con quelle che giudicherò verosimilmente false.

Furono formati così i due gruppi e naturalmente quello più numeroso fu il secondo, pieno zeppo di giustificazioni con firme false e grossolanamente imitate. I testi di queste ultime, poi, erano a tratti davvero fantasiosi. Il prof. Lucano si accinse a leggerli, e forse fece anche bene, perchè nonostante tutto, avendo uno spirito aperto, vivace e arguto, gli tornò un po' di buonumore. Del resto alcune giustifiche erano così fatte:

– «Non son potuto venire a scuola perché sono andato a raccogliere i funghi. Inoltre, la avverto che fra poco mi dovrò assentare per andare a castagne».

– «Per motivi strettamente segreti mia figlia non ha potuto svolgere i compiti. Firmato A.M.».

– «Ieri non sono potuto venire a scuola perché l'oroscopo me lo sconsigliava».

– «Mio figlio non è potuto venire in classe in quanto affetto da pidocchiulosi, ma adesso se ne è liberato».

– «Oggi mio figlio non ha portato i compiti perché ieri le porte dell'autobus si sono chiuse mentre stava scendendo, lo zaino è rimasto dentro e la corriera se l'è portato via. Lui ha urlato a lungo all'autista, ma quello gli ha detto delle parolacce, allontanandosi».

– «Chiedo di giustificare mio figlio Piero perchè ieri il cane della sorella gli ha mangiato il compito.

Guardi professore, spero davvero che il cane faccia indigestione! Firmato F.A.».

- «Avviso il prof. Lucano che domani non potrò venire, in quanto l'oroscopo prevede una giornata negativa per i Pesci, e io ne approfitterò stando tutto il giorno a pesca con mio padre».
- «Ho aiutato Alice, una ragazza di seconda, a fare i suoi compiti. Alice è nuova in città, è volenterosa, intelligente, carina e ha già la terza di reggiseno. Che non porta mai».
- «Gent.mo Professore Lucano, chiedo di essere giustificato per il ritardo, in quanto non trovavo assolutamente il cucchiaino per fare colazione, e ho dovuto purtroppo usare la forchetta».
- «Mi scusi Professore, ma sono costretta a dire che mio figlio è indisposto anche quest'oggi. La prego di non credergli. Firmato A.S.».

Queste giustificazioni erano davvero inconsuete e simpatiche, e per questo motivo il professore Lucano non punì chi le aveva scritte, anzi, come compito a casa, decise di far loro comporre e stilare altre richieste di giustifica, usando la fertile fantasia di cui sembravano tutti dotati, e invitandoli a immaginare di essere loro i genitori e di avere un figlio o una figlia bisognosi di una qualche giustificazione da presentare al proprio insegnante.

REGALO DI MATRIMONIO

–Certo che questo regalo di nozze è un bel grattacapo. Proprio non ci voleva! Ci dobbiamo decidere ed al più presto pure, visto che si sposano tra pochi giorni. E' vero, c'è la solita lista nozze, ma a me piace scegliere personalmente dove e come spendere i nostri soldi per il regalo. Cara Nella, cerchiamo di definire in fretta e senza badare a spese; non stiamo a lesinare cinquanta euro in più o in meno, dobbiamo fare bella figura, anche perchè loro se lo meritano. Ti ricordi che bel regalo ci hanno fatto per il nostro matrimonio?

–Che c'entra, Alfredo! Non è che adesso dobbiamo cercare di ricambiare per questo motivo e pure allo stesso modo: lo dobbiamo fare essenzialmente perchè lui è amico tuo e lei è amica mia, nient'altro.

–Dunque allora, vediamo... che ne diresti di regalare loro una *Smart TV Oled 4K* di ultima generazione?

–Sì, certo... ma anche un frigorifero andrebbe bene.

–Hai ragione sai, Nella! Un frigorifero potrebbe essere anche più utile di un televisore. Là dentro si conservano i generi alimentari e tutte le belle pietanze rimaste da mangiare, mentre l'altro, il televisore, è pieno di tutto quel pattume che ci propinano nei vari canali!

–Anche una lavastoviglie potrebbe servire, in una casa moderna...

–Sì, però costerebbe molto meno di un frigo!

–Ma non è per il prezzo, caro Alfredo... si sa benissimo che in queste occasioni chi più spende, meno spende. Decidiamo allora per un bel frigorifero da 400 litri e stiamo a posto: risolto!

–Bum!... 400 litri dici? Ma per caso hanno un supermercato, una trattoria, una mensa aziendale? Cosa devono conservare? Qualche quarto di mucca chianina, prosciutti San Daniele, mezza valle degli orti?... Quando hai regalato a una giovane coppia un frigo da 150 litri, è già più che sufficiente!

–Lo sai che hai proprio ragione? Non ci avevo pensato. Sai che vanno molto di moda quelli piccoli da 80 litri, silenziosissimi, a libera installazione, anche pensili e dunque comodissimi, soprattutto nelle cucine di oggi, così poco spaziose, da essere semplici cucinotti. Quant'è grande la loro casa, lo sai per caso?

–Piccola, praticamente un bilocale. Ora che ci penso, su *Amazon* ho visto dei frigo da 40 litri, classe $A+++$, con svariati colori... così carucci! Potrebbe andare bene anche uno di questi, secondo me.

–Aspetta un momento però, non correre...

–Che c'è, ti chiedi quanto possano costare, per caso? Guarda che il pagamento si può anche rateizzare con la loro finanziaria. Lo fanno pure a zero interessi!

–Ma che c'entra, non è per la spesa ma perchè credo che sia forse un azzardo comprare un frigorifero. Lo potrebbero ritenere un affronto e quindi potrebbero pure offendersi: è come voler far capire che, senza di noi, loro non si potrebbero permettere un simile elettrodomestico!

–Ho capito la finezza del tuo ragionamento, cara Nella. Dobbiamo fare un bellissimo regalo, anche costoso, ma che sia un qualcosa di superfluo... un *pleonasmo*.

–Un *pleonasmo*... che?

–Un *anacoluto* allora, giusto per farti capire.

–*Pleonasmo, anacoluto*... ma che razza di regalo hai in mente? Stavamo parlando di azzardo nel donare il frigo, ma tu usi termini davvero azzardati nell'esprimerti!

–Ho solo usato un po' di *tautologia*, ma vedo che con te si creano sempre malintesi e io al solito resto un incompreso. Dunque riprendendo il discorso, direi di fare un regalo costoso sì, ma inutile.

–Magari neanche tanto costoso, però...

–Mhhhh... Cosa ne pensi di un servizio da caffè per ventiquattro persone?

–Ma neanche ci entrerebbero a casa loro ventiquattro persone... caso mai da dodici!

–Da dodici, dici? Loro nemmeno le conoscono dodici persone!

–Da sei?

–Da due! Un bel servizio da caffè *tête-à-tête*. Ce ne sono di così carini nei negozi del centro; da *Coin*, per esempio, ne ho visti alcuni romanticissimi, con i cuoricini rossi stampati sulle tazzine, e altri con i nomi di lui e lei...

–Sì Alfredo, sono davvero carini, ma i nomi... li hai presenti?: Ester e Remo!

–Beh, proviamo a vedere, magari in estremo li troveremo.

–Proviamo, però ho paura che sia un po' poco regalare il *tête-à-tête*. Che scocciatura comunque questi regali!

–Hai proprio ragione, Nella! Che strazio, che noia, che seccatura! Non se ne può più!

–Che poi in fondo questo qua è amico tuo, non mio!

–Amico mio? Ma io nemmeno lo conosco... caso mai è lei che è amica tua!

–Quella? Amica mia? Ma neanche ci frequentiamo e quelle poche volte che c'incontriamo, al massimo ci diciamo buongiorno e buonasera. Ma cosa vai dicendo!

–Comunque cara Nella, un regalo bisogna pur farglielo. Abbiamo qualcosa da riciclare, un oggetto che non ci serva, un regalo non gradito, o roba del genere?

–Non saprei Alfredo... ci sarebbe quel fornetto a microonde che ci ha regalato mia sorella e che per principio e convinzione non abbiamo mai usato.

–E sì, brava, così quando tua sorella viene a trovarci, non vedendolo, capisce che l'abbiamo eliminato perchè non ci è mai piaciuto!... Ma, a parte questo, loro si aspettano da noi qualcosa di particolare, di originale, estroso, insolito...

–Certo, certo... Mi viene adesso in mente una cosa... non so se tu approvi: hai sempre avuto tanto pudore su quel versante. L'anno scorso, per gli auguri di Natale, il mio barbiere – sai come son fatti i barbieri no? – mi ha regalato il "campanello dell'amore" che io per pudicizia non ti ho mai mostrato e mai ho usato.

–E cos'è?

–È un campanellino da far suonare ogni volta che si sente il richiamo della natura. Un modo divertente per avere un segnale di invito, di esortazione e incitamento insomma, per i momenti piccanti della vita di coppia. Loro sono giovani, sai Nella...

–Ma Alfredo... santo Dio... sei tu che sei invece pudibondo e morigerato, non io! Me ne potevi parlare... l'avremmo usato, invece di inventarci tanti sotterfugi, come degli acerbi adolescenti!

–Nella!

–No, Alfredo, il campanellino non si tocca! Mi sono scocciata di sentire sempre la solita frasuccia: «Mi porti un bel caffè a letto, dopo mangiato?» Basta, voglio il campanellino, lo metterò in salotto, anzi no: lo terrò fisso sul mio comodino!

–Sono senza parole, Nella.

–Trovale le parole e, a proposito, sai che ti dico?: Mandiamo loro solo un bel messaggino su *whatsapp*, visto che i telegrammi non si usano più, e chi s'è visto s'è visto!

–Beh, un messaggino mi sembra riduttivo, è un po' poco. Scriverò un bel discorso augurale e, se mi riesce, anche abbastanza lirico e aulico... sai come sono fatto.

–Ma che dici! Ci manca pure che perdi tempo a scrivere i "Promessi Sposi"! Ascoltami bene, niente *whatsapp*, troppo fredda e con quelle stupide faccine... *emoticons*, come le chiamano, e quei cuoricini e i fiori: tutto troppo virtuale! Facciamo meglio una bella telefonata e il gioco è fatto! Vedi come a pensarci bene tutto s'aggiusta e si trova sempre la soluzione migliore e più appropriata? Lascia fare a me:

«Pronto?... Tanti, tanti auguri! Di vero cuore... Congratulazioni!

Ma... ma chi parla?... Ah, scusi tanto, ho sbagliato numero».

–Dai retta a me, cara Nella, ci penso io. Gli mando un bel messaggio su *whatsapp* e così risolviamo, togliendoci da ogni, e dico ogni, impiccio:

«Carissimi sposi: Poli Ester & Mori Remo

Che possiate vivere sempre uniti: come RAI 1 e RAI 2, come RETE 4 e CANALE 5. Che il vostro amore possa sempre aumentare, come le tasse. Che la passione non finisca mai, come le serie televisive di *Netflix*. Che i vostri baci siano innumerevoli, come gli emendamenti del governo. Che i vostri nemici vengano allontanati da voi e cacciati fuori, come chi era senza green-xxxx.

Per il vostro matrimonio abbondanti fiori e violini ma, al più presto, vi auguriamo solo pannolini!»

Tanti affettuosi e cari auguri dai vostri amici:

Dal Caldo Alfredo & Nella Nebbia.

REVISIONISMO OMERICO

Circa dieci secoli prima di Cristo – più o meno – scoppiò tra i re greci e la città di Troia, sulle coste dell'attuale Turchia, una lunghissima guerra. Per quali motivi? È molto difficile scoprirli ma, come sempre accade, ci saranno stati sicuramente interessi commerciali, economici e rivalità varie tra quei popoli. Di tutto questo è giunta fino a noi solo la leggenda del rapimento di Elena da parte di Paride, principe troiano, che invaghitosi di questa bellissima donna, la rapì e la condusse con sé. Numerosi furono i cantori girovaghi – detti rapsódi – che all'epoca descrissero queste gesta, fra cui Omero, il più famoso. Tutto questo per la gioia di tantissime generazioni di studenti che si sono sorbite pagine e pagine di poetici, fantasiosi e leggendari racconti su quelle antiche ed epiche vicende, a cui partecipavano, oltre che gli uomini, anche gli dèi venerati dai greci. Le loro divinità risultavano essere spesso rissose, intriganti, tali da odiarsi e sparlare l'una dell'altra, scendere in terra e mescolarsi di continuo tra le cose degli uomini. Mangiavano e bevevano ogni giorno, quando addirittura non si buscavano solennissime sbornie, per avere alzato troppo il gomito.

Ultimamente ho voluto un po' rileggere questo poema epico che tanto mi aveva impegnato a scuola e, da un certo punto di vista, a volte mi aveva lasciato molto perplesso. Ciclopi, Lestrigoni, Calypso, Circe, Lotofagi, sirene,

Proci... il povero Ulisse lo ritenevo oltremodo iellato, scalognato proprio! Ma anche noi poveri studenti lo eravamo, perchè costretti a studiare tutte quelle sue tribolate e, mi verrebbe da dire, sgangherate avventure. Com'era possibile, mi dicevo, che un condottiero così abile e scaltro si era dimostrato un principiante, perdendo una facile rotta che lo avrebbe ricondotto a casa sua in pochi giorni? Lo aveva fatto apposta, mettendosi d'accordo – dietro lauti compensi e mazzette – con i vari *rapsódi* e *aedi,* che avrebbero cantato per sempre la sua particolare odissea?

Io, al suo posto, mi sarei invece vergognato per una simile imperizia e per la conseguente perdita di carisma e reputazione.

Non so se oggigiorno, nella scuola media secondaria, si studiano ancora i poemi epici, e l'Odissea in particolare. Se ciò dovesse accadere, gli studenti dovrebbero fare secondo me una *class-action* contro quest'eroe che è riuscito a calamitare su di sé tante sventure, alcune delle quali, peraltro, dolcemente pregne di leggiadria femminile. Omero usava il termine *pathos* per descrivere quegli avvenimenti, io dentro di me usavo invece la parola *sfigas*! Finita la guerra di Troia, il nostro eroe, che ne era stato protagonista, avrebbe dovuto fare ritorno in patria: la sua Itaca, un'isoletta posta di fronte a Troia, in linea retta, più o meno. Non si poteva sbagliare, erano cinquecentoottanta miglia e, con le navi di un tempo, i venti, eccetera, è stato calcolato che occorrevano non più di dieci giorni per raggiungerla. Non si poteva affatto perdere. Invece ci ha messo la bellezza di dieci anni! Ha fatto in pratica la crociera romantica del Mediterraneo: Santorini, Mykonos, Creta, Ibiza, Costa Smeralda, Panarea... un antesignano di *Costa Crociere*, in pratica.

Ricordavo i canti studiati a scuola, in cui Ulisse era alle prese con marosi e tempeste varie, in balia di un mare schiumoso, ribollente, implacabile, che sembrava trarre dalle sue profondità una rabbia sempre crescente: una forza smisurata della natura, in tutto degno dell'epica antica.

No, ricordavo male invece! Lui in mare ci naviga appena un anno, poi rimane un altro anno a Eèa, l'isola della maga Circe, in sua dolce conturbante compagnia; circa sette anni a Ogigia, l'isola della ninfa Calypso, un posto paradisiaco di felicità e immortalità; un po' di mesi nell'isola di Scheria con la dolce principessa Nausicaa. Tre donne che gli hanno tenuto compagnia e che lui, in maniera differente, ha amato. Quando va via da Circe, lo fa perchè costretto dai suoi compagni, non certo per suo volere... altro che nostalgia per Penelope! La maga a sua volta accetta finalmente, anche se a malincuore, questa sua partenza e anzi gli indica pure la via esatta del ritorno, perchè si è resa anche lei conto che Ulisse non ha proprio il senso dell'orientamento!

Calypso invece è tutt'altro genere di donna: è passionale e sensuale; vorrebbe pure sposarsi e, da ninfa particolare quale era, donare a lui il dono dell'immortalità.

Pensa un po' se Ulisse avrebbe potuto accettare tutto questo! Il matrimonio, in genere, terrorizza gli uomini... figurarsi se poteva acconsentire ad avere una moglie immortale, che non muore mai!

Un eroe, insomma, presentatoci da Omero come astuto e intelligente, ma che si prese la briga – commettendo un'imperdonabile leggerezza che gli costò molto cara – quella cioè di tormentare, tra tutti, proprio Poseidone, l'irruento dio dei mari, uccidendogli il figlio – che forse pochi sanno essere il monoculo Polifemo – oltre che provocare con false accuse la condanna a morte di Palamede, nipote del dio. Proprio una bella e perspicace condotta, non c'è che dire!

Per quanto riguarda Penelope, altra scaltra e astuta persona, degna moglie di cotanto navigato eroe, per non addivenire a nuove nozze, stante la prolungata assenza da Itaca del marito Ulisse, si inventa lo stratagemma della tela, che altro non era che il sudario di Laerte, padre di Ulisse. Si sa bene che il sudario è il lenzuolo in cui viene avvolta la salma il giorno del funerale... C'è però il piccolo particolare che costui era invece ancora vivo e vegeto! Lei dunque tesseva, e Laerte toccava ferro o forse qualcos'altro del proprio corpo... e tutto questo per dieci lunghissimi anni!

Ma benedetta donna, fai piuttosto un lavoro a maglia, una calza, qualcosa all'uncinetto! Proprio il sudario ti devi inventare?

Questi due, marito e moglie, sono simili e dissimili: si contraddicono e si completano. "Non ti pigli se non ti somigli" dicevano una volta i nostri saggi! Da questo gioco intricato di somiglianze, dissimiglianze e riflessi, nasce la loro concordia profondissima. Ulisse è l'uomo dalle molte forme: la sua mente, come il suo nome, è piena di incanti e seduzioni, colorata, ingegnosa, allenata alla più ardua pazienza, intricata e inestricabile come un labirinto. Ulisse è anche il grande bugiardo, l'artigiano di mille astute invenzioni, il signore degli inganni, superbo e vanitoso: inventa il cavallo di Troia, raggira Polifemo, ritorna a Itaca travestito da mendicante. Ma Penelope – la molto saggia Penelope, colei che anche eccelle nel conoscere astuzie – non è da meno: la regina dai lunghi capelli neri, è modellata da Omero col regno dell'interiorità e dei sogni, un regno che fa da contraltare a quello esterno e avventuroso di Ulisse. I due sposi, insomma, sono l'uno lo specchio dell'altra. Penelope è riservata, pudica, fedele: da sempre la dipingiamo in questo modo. È in pratica il modello della donna seria e onesta.

Consideriamo però l'epoca in cui si svolsero questi epici avvenimenti. Se fosse successo ai giorni nostri, dubito che il prode Ulisse se la sarebbe cavata così a buon mercato con sua moglie, dopo un'assenza tanto lunga!

Omero ci racconta che dopo il turbolento ritorno in patria ed aver goduto finalmente, dopo tantissimo tempo, del piacere dell'amore, i due sposi si raccontano gli anni che hanno vissuto lontani, intenti a ricucirli, per riappropriarsene insieme. Per me l'Odissea è proprio questo, il racconto che Ulisse fa a Penelope e che Penelope fa a Ulisse, abbracciati l'uno all'altra sul letto di ulivo: il racconto di quei vent'anni inabitati ed estranei. Nessun "Tiresia" poteva rovinare quel momento!

Ma provate invece a immaginare se all'epoca dei fatti ci fossero stati gli odierni invasivi *social network,* e in particolare *facebook e whatsapp*! Che ne sarebbe stato del

povero Ulisse? Io sono più che convinto che già dopo soli otto-nove giorni di navigazione sarebbe arrivata la prima notifica a Penelope: «Ulisse ha stretto amicizia con Circe» e successivamente «Ulisse ha stretto amicizia con Calypso» e poi ancora «Ulisse ha stretto amicizia con Nausicaa». Per non parlare di «Richieste di amicizia delle Sirene» e foto... e selfie... e notifiche varie, e pedanti proposte di amicizia da parte del *social*, eccetera eccetera.
Per tutti gli dei dell'Olimpo!... Quelli sì che erano tempi davvero fortunati!

UNA FIABA CONTURBANTE

Le fiabe mostrano problemi di vita reale in uno scenario fantastico, dove il più delle volte a trionfare sono gli eroi. Quando eravamo bambini avevamo bisogno di scoprire, standocene nel proprio ambiente sicuro, che le cose brutte possono accadere a tutti. Nessuno nella vita è immune da sfide, quindi c'era la necessità di costruire questa capacità di far fronte alle difficoltà che man mano si potevano presentare lungo il proprio personale cammino. Dovevamo costruirci dei "muscoli emotivi", in maniera da riuscire a fronteggiare e sopravvivere ai momenti difficili che prima o poi si sarebbero certamente manifestati. Non potevamo sempre pensare a crogiolarci in un rifugio sicuro, continuamente protetti e lasciati così deboli e incapaci di gestire qualsiasi cosa che richieda un po' di tempra e vigore.

Credo che noi tutti abbiamo letto delle favole, se non a casa, almeno a scuola. Famose sono quelle classiche di autori come Esopo e Fedro, di cui si è sempre apprezzato, nel corso dei secoli, il carattere fantasioso, allegorico ed edificante di quei brevi racconti.

Tutto questo prologo, o noiosa premessa, per riferire su una favola indubbiamente "fuori dal tempo", un avvenimento particolare capitato, non a un bambino, ma ad un mio amico, vecchia conoscenza, che mi ha raccontato questo strano caso successogli nell'inverno appena trascorso.

Pioveva da quasi una settimana, la strada era bagnata e piena qua e là di pozzanghere; lui se ne tornava a casa a piedi, con la testa un po' abbassata, sferzata da un gelido vento di tramontana. La seccante, sgradevole e fastidiosa riunione condominiale, tenutasi a poca distanza da casa sua, presso lo studio dell'amministratore, si era protratta fino a tarda ora e lui si affrettava a raggiungere la propria abitazione. Immerso nei propri pensieri, ad un certo punto gli era sembrato di sentire una tenue e flebile voce che lo chiamava supplicante:

«Signore... ehi, signore!»

Rallentando il passo e poi fermandosi, si era guardato attorno: non c'era nessuno lungo il viale e nei dintorni, proprio nessuno.

«Signore!»

Stavolta la vocina si sentiva echeggiare vicinissima a lui...

«Ehi, signore!»

Anche se si è disposti a credere al soprannaturale, certi fatti strani provocano sempre percezioni e sensazioni sconcertanti e impressionanti. La voce proveniva indubbiamente dal terreno e, aguzzando bene la vista, scrutando in mezzo a dei ciuffi d'erba, l'amico scorse una bella rana di color verde smeraldo!

«Ho tanto freddo, signore. Prendimi tra le tue mani e riscaldami un po', non ce la faccio più!».

Non vi descrivo il suo stupore! Raccolse l'animaletto e avvolgendolo pure nella sciarpa di lana che si tolse dal collo, cercò di riscaldarlo.

«Grazie, adesso mi sento proprio meglio... sei meravigliato per il fatto di sentirmi parlare?».

«Beh... veramente... insomma...» le rispose, non volendo apparirle troppo sorpreso.

«Davanti agli occhi hai una rana, ma un tempo – non per vantarmi – io ero una ragazza graziosa e attraente. Una brutta megera mi ha trasformata così come adesso mi vedi, dandomi le sembianze di una rana».

Passo dopo passo, il mio amico era ormai giunto a casa. Fece per aprire il portone d'ingresso del condominio, ma si arrestò improvvisamente e, chinandosi sulla soglia, lasciò delicatamente per terra la ragazz... ehm... la rana.

«Ascoltami bene, credo che adesso ti sia riscaldata abbastanza. Io sono sposato, ho una reputazione, qui mi conoscono tutti, e fra l'altro occupo un posto di rilievo in società. Piacere di averti conosciuta e... buona fortuna!».

«Ti scongiuro, ti imploro, non mi abbandonare, non mi lasciare qui fuori... è pieno di gatti che non aspettano altro che sbranarmi per loro crudele diletto! Fammi entrare a casa tua, me ne starò al calduccio, calma e tranquilla!».

Il mio amico sogghignò e fu tentato di lasciarla lì fuori, avendo avuto nel suo passato molte storie passionali ma tormentate con le donne, che gli avevano provocato patimenti e tribolazioni di ogni genere.

Era però fondamentalmente un animo generoso, amorevole e filantropo e, mosso a compassione, la riprese in mano e la portò in casa. Del resto sua moglie non c'era, perchè in viaggio con le amiche della parrocchia in uno di quei soliti ritiri spirituali dove colei che non si sente in animo di sopportare i suoi simili, dovrà per forza ritirarsi in sé stessa, ammesso sempre che riesca a sopportarsi... e poi, pensò, era pur sempre una rana... nulla di compromettente!

Entrato che fu in casa, la posò delicatamente sul tappeto persiano del salotto e corse diritto nel bagno, mettendosi sotto il caldo getto dell'acqua della doccia, per riscaldarsi anch'egli e togliersi di dosso soprattutto le scorie di quella antipatica riunione condominiale.

Figuratevi però lo stupore e l'incantevole sorpresa quando, ritornando nel salotto, trovò la rana che nel frattempo si era trasformata in una meravigliosa, irresistibile e seducente donna, che lo salutò con queste parole:

«Tutto ciò che è successo era solo una prova. Io sono in realtà una fata e ho voluto mettere alla prova la tua umanità, generosità e bontà d'animo. Sei contento?».

Arrivati a questo punto, sono più che convinto che tu che stai leggendo non crederai minimamente a questa incredibile storia.

Che peccato, però!

E dire che neanche la moglie del mio amico volle crederci!

GOSSIP

–Anna?

–Sì, che c'è?

–Conosci per caso la signora del quarto piano... Martucci, mi sembra che si chiami proprio così?

–Ma chi, quella graziosa signora capelli lunghi e ondulati, biondo scuro, che abita in via Taranto, proprio vicino a tua zia Elena e che ha sposato un bell'uomo alto, pelle abbronzata, che pare sia intimo amico della signora De Dominicis e anzi sembra che il marito di questa li abbia sospresi in atteggiamenti, diciamo così, affettuosamente intimi... insomma mentre si baciavano, nascosti dietro una copertura alla festa che hanno dato i Rossi, che sono poi cugini di sangue di quel barone Paoletti che era stato insieme tre anni con questa signora Martucci, che da giovane faceva invece Linetti ed era pure abbastanza chiaccherata, perchè le piaceva tanto divertirsi, al punto che dopo essere stata per ben quattro anni fidanzata col barone Paoletti, si mise improvvisamente insieme col secondo figlio di primo letto degli Alessandrini, ma che lasciò subito dopo perchè la madre, fissata com'era per il danaro e la proprietà, non era per nulla consenziente, e anzi si era messa in testa di fare sposare sua figlia con uno dei Quarta, ma questi si opposero e le diedero buca e allora lei mise gli occhi addosso a questo Martucci che era nipote degli Acquaviva ma non quelli di Acquaviva delle

Fonti, ma degli Acquaviva di Acquaviva Picena, gente di origine nobile ma che si mormorava essere un po' in miseria, e infatti dopo il matrimonio saltò fuori che tutte le loro ricchezze erano sparite, dilapidate, la qual cosa fece infuriare enormemente la madre di lei che s'aspettava tutt'altro, e fu costretta invece a far entrare in casa un genero del genere, che aveva perdipiù molte ambizioni e pretese e, con le mani bucate che aveva, spendeva e spandeva il denaro dei Linetti, tanto che un bel giorno la suocera, inviperita, minacciò di sbatterlo fuori di casa a calci nel sedere, e allora lui si cercò finalmente un lavoro e adesso è diventato direttore di un *Tour Operator*, perchè si mormora che vada a letto con la moglie del titolare?
–Sì proprio quella... la signora Martucci! La conosci?
–No.

DOMENICA È SEMPRE DOMENICA

È domenica finalmente! Giornata di meritato riposo. "Al personale che presta la sua opera alle dipendenze altrui è dovuto ogni settimana un riposo di 24 ore consecutive", così prescrive la legge, già fin dai tempi remoti quando c'era Lui, caro lei, insieme al Re – per grazia di Dio e volontà della Nazione.

Già da allora il riposo di 24 ore era dato la domenica, salvo le eccezioni stabilite da altri successivi articoli della legge... e, soprattutto, dalla volontà della moglie presente e operante in casa. La moglie "domenicale", infatti, che negli altri giorni si alza ed è operativa non prima delle nove, per qualche oscuro e imperscrutabile motivo, nei giorni festivi, e la domenica in particolare, è in piedi già alle sei circa di mattina. Tempo un quarto d'ora per bere una fugace tazzina di caffè e sta già manovrando col suo bravo e dannato aspirapolvere, partendo dalla lontana cucina, poi dall'ingresso e man mano nelle altre stanze, avvicinandosi pericolosamente sempre più al reparto notte, dove il povero marito riposa – o cerca almeno di riposare – dormendo il sonno del giusto. Ma il rombo assordante dell'elettrodomestico, somigliante a un jet in fase di decollo, lo sveglia inopportunamente, e allora lui ha appena la forza di sollevare piano la testa sprofondata nel morbido cuscino, socchiudere la palpebra di un occhio e spiare timidamente la sveglietta sul comodino, con la

flebile speranza di vederla segnare le 9:00 o almeno un orario decente. Sono invece appena le 6:30 e da un rapido calcolo, nonostante la mente sia ancora intorpidita, gli risulta avere dormito non più di quattro ore, tra numerosi risvegli di natura prostatica e russamenti di varia intensità, provenienti dalla ciminiera della sua compagna di letto, che come sempre nega pure di averli fatti. Tempo pochi minuti e i jet diventano due, perchè c'è il battitappeto che inizia anch'esso a decollare in direzione corridoio. A questo punto il marito ritiene inutile continuare a sforzarsi per riprendere sonno, e trovandosi di punto in bianco nell'occhio del ciclone, è costretto alla fine ad alzarsi ed allora, appoggiandosi allo stipite della porta della stanza da letto, si rivolge con veemenza alla moglie, battendo in irascibilità persino il dio greco Poseidone, gridandole queste minacciose parole: «. . . . .
. . . . !» che ho qui fedelmente riportato, ma che nè lei – e credo fortunatamente neanche voi – siete riusciti a sentire e capire, tanto è grande il frastuono in casa! Ma ancora non è finita... non è tutto. È domenica (almeno così pare) e come tutte le domeniche la giornata va santificata con un bel dolce (quasi sempre la solita insulsa crostata). Ecco che entra dunque in gioco un terzo rumoroso elemento: il *Bimby*. «*Nomen omen*», dicevano un tempo i nostri progenitori, e proprio con lo stesso strepito di un chiassoso bimbo, questo comincia a girare vorticosamente e incessantemente per alcuni interminabili minuti, lavorando l'impasto immesso al suo interno, che servirà – *dulcis in fundo* – ad allietare poi il pranzo.

138

«Sono appena le sette... bastaaa!» esplode il marito. «Voglio dormire ancora un po', almeno altre due ore, ne ho bisogno e anche diritto!».

«Ma chi te lo impedisce?» risponde la disturbatrice fracassona.

«Indovina un po' chi?...Tu me lo stai impedendo, donna esecrata!».

«Ma dimmi un po', se non approfitto della domenica per fare un po' di ordine e pulizia, mi dici quando la devo fare?».

«Sempre la puoi fare!... Il lunedì, il martedì, il mercoledì... sempre! Ma mai di domenica, e a quest'ora per giunta!».

Afferra a quel punto le cuffiette *in-ear* che giacciono sul comodino, ultimo baluardo contro i rumori molesti, e se le introduce speranzoso nelle orecchie, dimenticando però che quelle lì a stenti funzionano contro il russare, figuriamoci nel fronteggiare quel rumoroso armamento casalingo. Infatti è proprio così, niente da fare, anche perchè nel frattempo si è aggiunta la lavatrice con la sua centrifuga a 1.200 giri e in più la planetaria per impastare la farina che servirà a fare i maccheroncini... maledetta dieta mediterranea!

Insomma sembra che l'intera zona industriale della città, o forse un intero reparto di truppe meccanizzate-corazzate, si siano trasferiti nel suo appartamento, e la cosa strana è che nessun condomino si lamenti, accorrendo così in suo aiuto. Si mette a quel punto a correre lui, camminando imperioso e stizzito, a piedi scalzi, sbattendo i talloni e facendoli rimbombare sul pavimento del corridoio, con tono marziale.

«Beh, che c'è? Non posso fare neanche colazione adesso?». Si giustifica lei, con voce angelica e tranquilla.

Arrivati a quel punto entra in campo la cistifellea, fino a quel momento rimasta rilassata e silente, ed un forte travaso di bile attraversa i dotti biliari, fegato, intestino e frattaglie varie. Ci si mette anche un bel getto di cortisolo mattutino che, unendosi all'adrenalina, vanificano quel poco di rilassamento che il nostro eroe era riuscito ad ottenere con il suo breve e travagliato riposo. Per non parlare poi del cuore che, in tutto quel guazzabuglio, diviene facile preda di una tachicardia sinusale; batte forte, ma non certamente di mattutino romanticismo, implorando questa "dea del caos" di permettergli di riposare almeno un'altra oretta.

Fortunatamente il marito, ottenuto un insperato armistizio, se ne ritorna fiducioso a letto, sprofondando nel materasso *memory* che gentilmente – almeno lui – gli ha conservato memoria del sonno inopinatamente di colpo interrotto. Neanche pochi minuti però e, mentre è sul punto di riappisolarsi, un boato lo investe, facendolo sobbalzare spaventato sul letto. L'arredamento della casa da immobile qual'è, pare si stia mobilitando tutto, provocando sussulti anche nell'incolpevole pavimento. La misura stavolta è davvero colma. Usando l'ultimo barlume di lucidità rimastagli, il marito si veste e, senza passare neanche dal bagno per darsi una rinfrescata, decide di uscire subito, allontanandosi in fretta da quel tremendo campo di battaglia. Ma prima passa dal soggiorno, reso ormai irriconoscibile, con le sedie poste tutte a gambe in su, come le ballerine del *Moulin Rouge*, così come pure quelle della cucina, poste nella stessa posizione del *Can-can*. L'intenzione è quella di salutare la sua laboriosa ninfa, usando semplicemente un'espressione del viso che sottintenda: "Guarda, stupisci... com'è ridotto quest'uomo per te!".

Si sente paciosamente dire invece: «Beh, già in piedi a quest'ora?... e di domenica poi?... dove vai così di fretta?».

«Fuori, vado fuoriiii!... il più lontano possibile da questo manicomio!» e sbattendo la porta se ne esce giustamente, senza nemmeno prendere l'ascensore.

Ed è una fortuna, per il suo equilibrio mentale, non sentire la moglie che per tutta risposta, dopo aver fatto un profondo e mesto sospiro, gli fa subito dopo:

«Che egoista che sei! Ti pareva che non trovavi una scusa per uscire anche la domenica mattina?».

SPETTACOLI CULINARI

In questi ultimi anni i programmi televisivi di cucina hanno riscontrato un notevole incremento di successo, e sono risultati essere quelli più seguiti dai telespettatori. Ce ne sono a decine su tutti i canali, tanto che viene da chiedersi, quando ci si siede davanti al televisore, se paghiamo il canone o più che altro il coperto!

Tutto ciò è dovuto alle nuove tendenze di questo settore, quali una sempre maggiore attenzione all'impiattamento e alla creatività delle portate proposte. Inoltre, la passione e la determinazione manifestate da chi si trova dietro ai fornelli, rendono l'ambiente culinario una combinazione perfetta per realizzare programmi accattivanti e piacevoli da guardare per gli spettatori. Si è aggiunto poi anche il lato competitivo, dando luogo a sfide affrontate dai concorrenti e apprezzate dal pubblico, oltre al fatto dell'insegnamento su come realizzare una ricetta, seguendone i vari *step*. Con il passare del tempo, più che la preparazione del piatto in sé, hanno iniziato ad esaltare anche lo spirito adrenalinico della gara e del confronto tra i vari concorrenti. Ovviamente, le trasmissioni culinarie non possono appassionare tutti, ma ciò che è certo è che la cucina sta diventando il nostro mondo delle fiabe. I programmi sono una sorta di antistress, offrono una distrazione attraverso il cibo, ovvero qualcosa di conosciuto, necessario e legato ai desideri e alle necessità fisiologiche. Il cibo è convivialità, capace di innescare processi mentali che hanno effetti positivi sullo spirito, anche se le pietanze realizzate e presentate sono cosa puramente visiva e teorica, ben sapendo che ciò che si vede in TV non lo si assaporerà mai. Il cibo rasserena, rassicura e seduce le persone, e in tempo di crisi è sicuramente una delle poche cose rimaste di cui non se ne può fare a meno.

Ma adesso scusatemi, perchè sto seguendo questa trasmissione in cui si sono collegati direttamente con un noto ristorante della Valpolicella.

–Buongiorno Christian, tu sei il cuoco, vero? Ci puoi spiegare qual'è il segreto del vostro successo? Qual'è il vostro credo?

–Beh, innanzitutto un'apertura mentale per gli accostamenti più audaci e originali. Poi tra le altre cose, sicuramente la bontà delle materie prime, questo senz'altro. Uno chef non può fare un piatto accattivante, saporito e di un certo livello, senza la scelta di materie prime di ottima qualità. Lo sosteneva anche un famoso e conosciutissimo cuoco coreano, il quale asseriva: «*Gwijunghan wonlyoleul sayonghaji anhgoneun mas-issgo jung-yohan yolileul jeoldae mandeul su eobs-seubnida!* 를 절대 만들 수 없습니다!».

–E cosa vuol dire?

–E che ne so io! Non conosco il coreano, è già tanto se me lo sono ricordato!

–Se hai riportato questa lunga frase ci si aspettava che dessi la traduzione!

–Ma io non conosco le lingue. Se fosse stato francese o spagnolo, essendo lingue neolatine, a tentoni le avrei più o meno capite e avrei tradotto, ma il coreano...

–Senti, Christian, se dovessi descrivere una caratteristica particolare della tua cucina, quale sarebbe?

–Credo, senza ombra di dubbio, la compattezza e densità. Poi anche le discese ardite e le risalite su nel cielo aperto e poi giù il deser...

–Ma che fai canti?

–No, no, affatto, non vorrei, io vorrei, ma se vuoi...

–Ti avevamo chiesto di parlarci della particolarità della tua cucina.

–Ed io vi stavo appunto dicendo che è una cucina veramente particolare e faticosa, dove io e i miei due aiutanti dobbiamo muoverci velocemente, scendendo giù rapidi in un ripido scantinato dove è stata ricavata una cella frigorifera piena di materie prime, carne, prosciutti, ortaggi e poi nel risalire, passare da un ortalino esterno adiacente, per prelevare le erbette, cipollotti, basilico, prezzemolo, salvia, rucola eccetera. Il tutto per creare arditi abbinamenti culinari. Ecco, direi un tipo di cucina peripatetica per noi, molto camminata, e viceversa comoda e sedentaria per il cliente.

–Ok, qual'è la ricetta di oggi? Cosa proponi di bello?

–Oggi propongo la cara vecchia ricetta, rivisitata da me personalmente, dell'anatra all'arancia.

–Oh, benissimo, allora ce la fai vedere, mostrandoci i vari passaggi, così il pubblico a casa potrà apprezzare e magari copiare questo classico della cucina?

–Copiare la ricetta dici? Ma guarda che io per imparare ho dovuto sudare sette camicie. Mi sono addirittura sciroppato tutto quel vecchio film di Tognazzi, pensando mostrassero lì tutta la procedura per la cottura, invece niente! Allora ho studiato e lavorato per conto mio: una faticaccia che non ti dico!

–Ma dai, su! Cosa diranno i telespettatori?

–Se volete, io il piatto ce l'ho già pronto, lo riscaldo tre minuti al microonde e ve lo faccio vedere.

–Ma non è possibile, non è corretto, sù! Dovresti far vedere invece i vari momenti della realizzazione, tipo *tutorial*, così a casa chiunque potrà cucinarla. Del resto la nostra trasmissione ha l'intento di essere una missione educativa verso la buona tavola! Facci questo regalo, da bravo, il pubblico a casa ti sarà riconoscente!

–Ma io non regalo un bel niente, invece! È un dannato periodo in cui ci si scambia ormai di tutto. Dovunque si effettuano condivisioni; la cucina non è un *social*, non è *facebook* o *whatsapp*! Basta con le condivisioni! È come se io stessi con la mia ragazza e condividessi la nostra intimità con tutti, col rischio che viene uno e dice: «Fammi vedere bene come fai, così lo faccio anch'io!».

–Va bene, dai, non capiamo pienamente il paragone... però facci vedere la ricetta, da bravo!

–Guardate, devo confessarvi che quella era l'ultima anatra che avrei cucinato in vita mia. Sono da poco diventato cuoco vegano e pure crudista, e ho deciso che d'ora in poi non solo io non mangerò più cadaveri, ma non li farò mangiare neanche ai nostri clienti. Come primo piatto oggi inserirò nel *menù* la pseudo-carbonara.

–Ah, ecco... ma che tipo di piatto è?

–Praticamente è una carbonara ayurvedica.

–Benissimo... E cosa inserirai al posto dei classici ingredienti, tipo uovo e guanciale?

–Semplice! Al posto dell'uovo metterò una cremina di cavolfiore, e poi basta sostituire il guanciale con dei cubettini di *daikon*.

–Il *daikon*? E che cos'è?

–È una specie di bianco ravanello gigante, originario dell'Asia Orientale. È arrivato da qualche anno finalmente anche da noi, ma se non lo trovate non preoccupatevi, potete inserire al suo posto semplicemente un po' di germogli di soia, o dadini di *tofu* marinato nella salsa *sriracha*, *seitan,* oppure una grattatina di *topinambur*.

–E che roba sono?

–Prodotti vegetali naturali, qualità bio, che potete trovare freschissimi molto facilmente nei tanti negozietti dell'altopiano del Tibet, o nella vallata a pochi chilometri da Katmandu, in Nepal...

–In Nepal?

–Sì, esatto... però state attenti perchè lì i fruttivendoli sono aperti solo il sabato pomeriggio.

DULCIS IN FUNDO

Concludo con alcune meste considerazioni che fanno da contraltare, creando una deviazione retorica, una specie di ossimoro a qualche semplice e stupida battuta che ho scritto precedentemente.

La vita è una trincea, appena alzi la testa ci sono pallottole che fischiano da tutte le parti. Mi dici che nel tuo ambiente c'è ben poca meritocrazia, sono perlopiù raccomandati, e che non sei riuscito a far successo e carriera per questo motivo. È difficile estirpare tutto ciò, perchè è un qualcosa insito nella nostra natura e cultura. Pensa che pure dal punto di vista religioso è così. Se tu vuoi chiedere una grazia, non la puoi chiedere direttamente a nostro Signore, ma la devi chiedere, per fare un esempio, a Sant'Adalberto perchè interceda presso Sant'Antonio da Padova o Sant'Antonio abate (devi stare attento e specificare bene l'uno o l'altro) che interceda presso la Madonna, che interceda sul Figlio, che interceda sul Padre... Tutte queste intercessioni cosa sono se non precisamente delle raccomandazioni?

Non c'è dunque via di uscita, perchè questo modo di fare è talmente radicato che è difficile estirparlo.

Una cosa però è certa: il destino è nelle nostre mani. Abbiamo il libero arbitrio, la cui questione è fondamentale nella comprensione dell'esperienza umana. È uno dei pilastri su cui si basa la percezione di noi stessi, il senso di responsabilità delle azioni che compiamo, la nostra possibile evoluzione, la creatività e l'arte, l'amore e l'odio. È quindi il fondamento di ciò che noi pensiamo di noi stessi. Ma è proprio così? O è solo un'illusione del nostro sofisticato sistema psicofisico, per darci l'energia del movimento e dell'azione, insomma per farci agire nel mondo e superare le difficoltà che il mondo e il vivere ci propongono?

La domanda è: quanto è libero il libero arbitrio?

A volte si ha proprio la netta sensazione di non sentirsi liberi, perchè troppo assillati dai problemi.

Diceva Roland Laing, psichiatra scozzese, che la vita è una malattia sessualmente trasmessa, con un tasso di mortalità del 100%. Però la rotta è questa, e siccome nessuno ne esce vivo, è necessario che la prendiamo con un po' di umorismo. Certo, il medico scozzese quel giorno doveva essere di cattivo umore!

Non bisogna perciò prendere la vita troppo sul serio, altrimenti non ne usciremo vivi. Spesso ci succede come quando si va dal parrucchiere o dal barbiere: tu gli dai indicazioni su come ti piacerebbe, e lui fa il cavolo che gli pare. Perciò mi sento di concludere che l'unico modo di andare avanti nella vita è viverla ridendoci sopra. Voi decidete pure se ridere o piangere, io preferisco fare qualche tentativo – almeno di quando in quando – per ridere, perchè piangere mi fa venire il mal di testa. Inoltre mi annebbia pure la vista; potrei risolvere e migliorarla con le carote ma dicono che il vino la raddoppi, e allora scelgo quest'ultimo. Purtroppo però per ridere o sorridere mi devo alquanto sforzare, perchè ritengo questa condizione – dato il tipo che sono – quasi un'utopia, una sorta di miraggio. Tu hai un obiettivo e cerchi di raggiungerlo, ma l'obiettivo si sposta decisamente più in là, e allora tu avanzi ancora un poco per raggiungere l'obiettivo successivo, e questo si allontana e tu vai ancora avanti, e così di seguito...

Allora a che serve tutto ciò, a che serve l'utopia?

Serve a camminare, ad andare avanti!

Già da ragazzo ho intuito che la vita è fatta a scale, una lunga serie di gradini... e io ho già il fiatone! E non mi venite a consigliare di leggere l'oroscopo: voglio che, nel bene e nel male, la mia vita sia ogni giorno una sorpresa.

Adesso smetto di scrivere perchè ho lo *yogurth* che mi scade e in più ho messo in lavatrice, tutti assieme, panni bianchi, neri, colorati... gli ho spiegato che anche per loro la vita è difficile e devono imparare a cavarsela da soli.

INDICE

Printed in Great Britain
by Amazon

22132740R00091